아주 오래된 인생 수업

아주 오래된 인생 수업

The Pleasure of Life

John Lubbock

존 러벅

박일귀 옮김

150년 동안
전 세계를 감동시킨 명저

영국의 지성
존 러벅의 삶의 지침서

지금 행복하지 않다면, 당장 이 책을 펼쳐라!

문예춘추사

학교 졸업식에서 졸업생들에게 상장과 졸업장을 수여하는 일은 참으로 영광스러운 기회다. 이런 자리에는 졸업장뿐만 아니라 세상에 첫발을 내딛는 학생들에게 도움이 될 만한 조언과 격려도 필요하다.

나도 졸업식에 참석해 학생들에게 우리가 누릴 수 있는 인생의 기쁨에 대해 연설할 기회가 여러 번 있었다. 이 책은 당시 학생들에게 들려준 연설을 모은 것이다(단, 특별한 상황에서 말한 내용 일부는 생략하기도 했고, 어떤 내용은 필요에 따라 바꾸거나 덧붙이기도 했다). 학생들에게 용기를 심어주고자 했던 나의 이야기가 이 책을 읽는 모든 사람에게도 가닿길 바란다.

우리가 살면서 누릴 수 있는 행복을 모두 언급할 수 없었다는 말이나 진정으로 중요한 기쁨과 은총 중 일부가 빠졌다는 이야기는 굳이 할 필요는 없을 듯하다.

글을 다시 읽어보니 지나치게 독단적으로 주장하는 부분도 없지 않아 있지만, 연설하던 상황에서 나온 말이니 독자들이 양해하며 읽어주길 바란다.

1887년 1월 미국 켄트주에서

존 러벅

2부 당신의 운명을 사랑하라

신은 모든 사람이 행복해지도록 만들었으니
당신이 할 수 있거나
생각하는 것을 당장 시작하라.

1부

완전한 존재로 사는 법

1장

행복해야 할 의무

"세상 모든 곳이
천국이 될 수 있다"

만약 어떤 사람이 행복하지 않다면

그것은 그 사람의 잘못이다.

신은 모든 사람이 행복해지도록 만들었기 때문이다.

_ 에픽테토스

삶은
엄청난 선물

삶은 엄청난 선물이다. 우리는 분별력이 생기는 나이가 되면 내가 존재하는 이유가 무엇인지 자연스럽게 스스로 묻게 된다. '최대 다수의 최대 행복'을 절대 원칙으로 받아들이는 사람이 아니더라도 다른 사람들의 행복을 위해 최대한 노력해야 한다는 사실을 알 것이다. 하지만 자신의 행복을 위해 노력하는 것이 과연 옳은 일인지 의문을 품는 사람들이 의외로 많다. 물론 자신의 행복만을 인생의 주된 목적으로 삼아서는 안 된다. 이기적인 마음으로 행복을 추구해봤자 뜻대로 되지 않을 것이다. 인생에는 많은 쾌락이 있지만, 그 쾌락이 우리를 압도하도록 내버려둬서는 안 된다. 그러다가는 곧 슬픔을 맛보게 될 테니까.

로마의 정치가이자 철학자인 세네카(Seneca)는 이렇게 말했다.

"(미덥지 못하고 잔혹하기만 한 두 지배자인) 쾌락과 슬픔에 끝없이 사로잡히는 사람은 결국 위험하고 비참한 노예 상태가 되고 말 것이다."

그렇지만 나는 우리 교사들이 '의무를 다하는 행복'만이 아니라 '행복해야 할 의무'도 가르쳐준다면 세상은 좀 더 나아지고 밝아지리라 믿는다. 우리는 누구나 자신이 행복해지기 위해 노력해야 하고, 그것이 바로 다른 사람들을 행복하게 만드는 가장 효과적인 방법이다.

유쾌한 친구는 온 세상을 밝게 만드는 화창한 날씨와 같다는 걸 누구나 한 번쯤 느껴봤을 것이다. 우리는 자신의 마음먹기에 따라 이 세상을 천국으로 만들 수도 있고 지옥으로 만들 수도 있다.

미묘하게 얽힌
슬픔과 기쁨

우울함에 항복하고 스스로를 운명의 희생자라고 생각하는 것이 어떤 면에서는 편할지도 모른다. 밝고 유쾌해지려면 그만큼 노력이 필요하고, 행복한 상태를 유지하려면 어느 정도 기술이 요구되기 때문이다. 그런 의미에서 우리는 다른 사람에게 하듯이 우리 자신을 돌아보고 관리해야 한다.

사실 슬픔과 기쁨은 미묘하게 얽혀 있다. 영국의 시인 셸리(Shelley)는 이렇게 말했다.

우리는 앞뒤를 살펴보고는
존재하지 않는 것을 갈망한다.
우리의 순수한 웃음에도
얼마간의 고통이 스며들어 있다.
우리는 가장 아름다운 노래로
가장 슬픈 이야기를 한다.

우리는 우울감에 쉽게 빠질 때가 종종 있다. 가끔은 즐거워야 할 때도 슬픔에 사로잡힌다. 페르시아의 시인 오마르 하이얌(Omar Khayyam)이 쓴 시만큼 슬픈 노래도 없을 것이다.

우리는 여기 하루 이틀 짧게 머물지만
얻는 것이라고는 고통과 슬픔뿐이다.
그렇게 인생의 문제는 하나도 풀지 못한 채
후회막심한 상태로 여길 떠나야 한다네.

영국의 시인 에드윈 아놀드(Edwin Arnold)도 『싯다르타 왕

자에게 보내는 데바의 노래(Deva's song to Prince Siddártha)』에서 다음과 같이 노래했다.

> 우리는 쉴 곳을 찾지 못해
> 헤매는 바람의 소리.
> 보라! 우리의 인생은 바람처럼
> 신음, 한숨, 흐느낌, 광란, 갈등으로 얼룩졌다.

만약 이것이 사실이라면, 인생이 슬픔과 고통으로 가득하다면, 모든 번뇌에서 벗어난 열반의 상태를 추구해야 할지도 모른다. 하지만 우리 앞에 놓인 현실 속에서 좀 더 건강하고 성숙하고 훌륭한 '희망'을 품을 수는 없는 것일까?

"누구나 태양을 느낄 수 있다"

인생은 되는대로 사는 게 아니라 제대로 잘 살아야 한다. 그런데 세네카가 말했듯이 "인생을 아무런 계획 없이 그저 강물에 떠내려가는 지푸라기처럼 사는" 사람들도 있다. 불현 듯 호메로스(Homeros)의 『일리아스(Ilias)』에서 오디세우스가

한 말이 생각난다.

"멈추고, 끝내고, 닦지 않아 녹슬고, 사용하지 않아 빛을 잃는다는 것은 얼마나 지루한가! 숨 쉬는 것이 인생의 전부인 듯 살아가면 얼마나 무의미하겠는가!"

독일의 대문호 요한 볼프강 폰 괴테(Johann Wolfgang von Goethe)는 서른 살이 되자 "더 이상 인생을 어중간하게 살지 않고 인생의 아름다움과 완전함을 제대로 만끽하기로" 결심했다.

인생은 시간이 아닌 생각과 행동으로 평가받아야 한다. 우리의 삶은 밝고 재미있고 행복할 수 있으며 그렇게 되어야 한다. 이탈리아 속담에도 '모든 사람이 광장에서 살 수는 없지만 누구나 태양을 느낄 수는 있다'는 말이 있다.

최선을 다해 살아간다면, 사소한 문제를 부풀리지 않는다면, 세상을 있는 그대로 마주할 용기가 있다면, 나를 둘러싼 축복을 잘 활용한다면, 인생은 정말 위대한 유산임을 깨닫게 될 것이다. 허버트는 다음과 같이 노래했다.

섬기는 사람들이 많지만
그는 전혀 알지 못한다.
병들고 창백해졌을 때 찾아와

친절을 베푸는 사람들을 짓밟는다.
오, 위대한 사랑이여!
인간은 하나의 세계이며,
그를 섬기는 또 다른 세계가 있다.

안타깝게도 인생이 베푸는 놀라운 선물과 은혜를 제대로
깨닫는 사람은 많지 않다. 우주의 영광과 아름다움은 우리가
소유하고자 한다면 우리의 것이 될 수 있다. 우리가 마음먹
는 만큼 되고 싶은 존재가 될 수 있으며, 고통과 슬픔에서 벗
어나 평안함을 지킬 힘을 얻을 수 있다.

이탈리아의 시인 단테 알리기에리(Dante Alighieri)는 이러한
기회를 놓치는 것이야말로 몹시 심각한 실수라고 지적했다.

인간은 자기 자신과, 자신이 누리는 은혜를
하찮게 여기곤 한다.
그러다가 나중에 소용도 없는 후회를 하면서
자신의 죄를 뉘우친다.
자기 자신에게서 생명과 빛을 빼앗고
가지고 있는 재능을 무모하게 낭비하는 사람은
기쁨 속에서 살아야 할 때 슬픔에 젖게 된다.

나의 상처는
내가 만든 것

많은 사람이 우리가 사는 이 세계를 너무도 당연하게 여기고 감사해하지 않는다. 영국의 비평가인 존 러스킨(John Ruskin)은 이러한 세계의 아름다움을 다음과 같이 표현했다.

"종교인들은 우리를 향한 신의 사랑을 증명하기 위해 눈앞에 보이는 풍족한 것들을 말하지 않는다. 대신에 신이 모든 존재에게 먹을 것과 입을 것과 건강을 주었다고 주장한다. 그러므로 신의 창조물 중에 인간만 특권을 가졌다고 자만해서는 안 된다. 인생이라는 여행을 떠나는 우리는 생각하기에 따라 자연 만물의 소리를 기쁨의 노래로 바꿀 수도 있고 절망의 신음으로 만들 수도 있다."

영국의 의사이자 수필가인 토머스 브라운 경(Sir Thomas Browne)은 "인생을 즐기지 않는 사람은 누구나 몸을 입고 있어도 그저 환영(幻影)으로밖에 보이지 않는다"고 했다.

성 베르나르도(St. Bernardo)는 심지어 이렇게 말했다.

"나에게 해를 입히는 존재는 나 자신밖에 없다. 나의 상처는 내가 만든 것이고 나의 고통은 나의 잘못에서 비롯된 것이다."

스토아 철학자 에픽테토스(Epictetus)도 비슷한 취지의 말을 했다.

"만약 어떤 사람이 행복하지 않다면 그것은 그 사람의 잘 못이다. 신은 모든 사람이 행복해지도록 만들었기 때문이다."

그는 이런 말도 했다.

"신이 선택한 일이 내가 선택한 일보다 더 낫다고 생각하기 때문에, 나는 나에게 어떤 일이 일어나도 늘 만족한다. 자신이 원하는 일이 일어나기를 바라지 말라. 그저 주어진 일에 만족하라. 그러면 인생이 평온해질 것이다. (…) 만약 다른 사람의 것을 탐내면 당신의 것을 잃게 된다."

하지만 성 베르나르도처럼 할 수 있는 사람은 별로 없을 듯하다. 우리는 고통, 질병, 근심, 상실, 실패, 배신에 시달리지 않을 수 없다. 그동안 우리는 누군가의 분노에 찬 말을 들은 탓에 상처받고 우울한 날들이 많지 않았던가!

토머스 브라운 경은 "악을 행하는 다수를 따르기보다는 폼페이 기둥처럼 서 있어야 한다"고 했다. 하지만 이러한 고립 자체를 힘들어하는 사람들이 많다. 영국의 철학자 프랜시스 베이컨(Francis Bacon)이 말했듯이, 인간의 마음은 "육지와 동떨어진 섬이 아니라 육지에 속해 있기 때문"이다.

우리는 자기 자신의
창조자가 될 수 있다

우리가 주변의 고통에 공감하지 않고 관심을 갖지 않으면 행복을 느낄 수 없을 뿐만 아니라 얻는 것보다 잃는 것이 더 많아진다. 이기심이라는 차가운 갑옷을 두른다면 삶의 기쁨을 온전히 누리기 어렵다. 다른 사람의 고통에 무감각하다면 행복할 기회도 박탈당해야 한다.

그리고 사람들이 악하다고 말하는 것이 실제로는 선한 것일 때가 많다. 따라서 우리는 토머스 브라운 경이 말한 대로 해야 한다.

"고통의 실체를 제대로 모른 채로 막연하게 싸워서는 안 되고, 그 고통에 따르는 은혜를 놓쳐서도 안 된다."

그리스의 철학자 플루타르코스(Plutarchos)는 기쁨과 고통은 육체와 영혼을 함께 묶어놓은 못과 같다고 표현했다. 고통은 위험에 대한 경고이자 존재에 대한 필수 불가결한 요소다.

하지만 인생이 행복으로 가득할 것이라는 희망을 가질 수 없더라도, 적어도 긍정적인 쪽으로 무게를 둘 수는 있다. 용감히 맞서다 보면 불행해 보이는 일도 좋은 일로 바뀌는 경우가 많다. 세네카는 "재앙은 이익으로 돌아오기도 한다. 거대한 파괴는 더 큰 영광으로 가는 길을 열어준다"고 했다. 예컨대, 독일의 생리학자인 헬름홀츠는 자신이 병에 걸린 것이 계기가 되어 과학 연구를 시작했다. 1841년 장티푸스에 걸리는 바람에 가을 방학을 병원에서 보냈는데, 덕분에 현미경을 얻을 수 있었다. 그는 학생 신분이어서 병원비를 따로 내지 않았고 퇴원할 무렵에는 얼마간의 돈도 모을 수 있었다.

이처럼 인생에서 불행을 완전히 피하는 것은 어렵지만, 선하고 유익하고 행복한 삶을 살지, 아니면 악하고 무익하고 불행한 삶을 살지는 우리 자신의 능력에 달려 있다. 에픽테토스는 "어리석은 사람은 시간이 흘러야 슬픔에서 벗어날 수 있지만, 현명한 사람은 이성의 힘으로 슬픔에서 벗어난다"고 말했다. 인생이 비참해지는 것에 대한 책임은 철저히 자기 자신에게 있다. 우리는 만물의 창조자는 아니지만 자기 자신의 창조자는 될 수 있기 때문이다.

'매일의 고통들'에서 벗어나라

인생의 빛을 가리는 것은 커다란 슬픔이나 질병, 죽음이 아니라 사소한 '매일의 고통들'이다. 실제로 우리가 겪는 어려움은 대부분 쉽게 피할 수 있는 것들이다!

쓸데없는 싸움이나 오해가 없다면 가정은 얼마나 행복한 곳이 되겠는가! 불만스럽고 심기가 불편하다면 그건 자기 자신에게 잘못이 있는 것이다. 물론 쉽지는 않겠지만, 다른 사람의 불만이나 불쾌함 때문에 우리 스스로를 불행하게 만들 필요도 없다.

우리가 겪는 고통의 대부분은 우리 스스로 불러온 것이다. 실제로 무엇을 잘못한 것이 아니라 무지나 무심함 때문에 그렇게 된 것이다. 우리는 순간의 행복을 위해 인생의 행복을 희생하는 경우가 너무 많다. 고통이 우리에게 다가오기보다 정작 우리가 고통을 찾아간다. 그런 식으로 많은 사람이 인생을 조금씩 허비하며 산다. 프랑스의 작가 라브뤼예르(La Bruyère)는 "많은 사람이 남은 인생 대부분을 낭비하며 살아간다"고 말했다. 괴테 역시 "시대를 불문하고 걱정에 찌든 사람은 허영이라는 씨앗을 심어 절망이라는 열매를 거둬들인다"고 비꼬았다.

노아는 대홍수를 두려워하며 평생을 살았고, 예레미야는 예루살렘이 포위되기도 전에 깊은 슬픔에 빠졌다.* 이처럼

---

* 노아와 예레미야는 『구약성경』에 나오는 인물들이다. 「창세기」에 노아의 대홍수 이야기가 나오는데, 노아는 신의 명령에 따라 홍수를 대비해 방주를 만들었다. 「예레미야서」에 등장하는 예레미야는 고대 이스라엘의 예언자로, 이스라엘의 수도인 예루살렘이 파괴될 것을 예언했고 신의 뜻을 거역한 유대인들에게 죄를 회개하라고 촉구했다.

사람들은 불행을 미리 예측하며 괴로워한다. 게다가 결코 일어나지 않을 일을 우려하며 불안해한다. 우리는 최선을 다하고 그저 결과를 차분히 기다리면 된다. 과로로 무너지는 사람들이 많다는 이야기가 들리는데, 그들 중 열에 아홉은 걱정이나 염려로 괴로워하고 있다.

짐이 가벼워야
여행이 즐겁다

우리는 상상으로 만들어놓은 걱정에서 벗어나려다가 진짜 고통스러운 일을 당할 때도 많다. 고대 그리스의 철학자 에피쿠로스(Epicurus)는 "작은 것에 만족하지 못하는 사람은 아무것에도 만족하지 못한다"고 했다. 아무리 많은 걸 짊어져도 만족하지 못하는 사람이 얼마나 많은가.

세네카의 말처럼, 사람들은 필요한 것보다 더 많이 가지려고 하지만 그것은 짐만 될 뿐이다. 인생이라는 여정에서 무익한 짐만 잔뜩 지고 가는 셈이다. 베이컨의 표현대로 "꼬리만 길게 붙이고 날개는 짧게 만드는 것"과 다를 바 없다. 이런 모습을 잘 묘사한 소설이 있다.

영국의 동화작가 루이스 캐럴(Lewis Carrol)의 소설 『거울 나라의 앨리스(Alice Through the Looking Glass)』에는 '백기사'가 여행을 떠나기 전에 밤에 쥐가 나타날까봐 쥐를 잡으려고 쥐덫을 준비하고 벌 떼가 나타날까봐 벌통을 준비하는 등 온갖 잡동사니를 챙기는 장면이 나온다.

새뮤얼 헌(Samuel Hearne)은 『코퍼마인 강으로 떠나는 여행(Journey to the Mouth of the Coppermine River)』에서 여행을 떠나고 얼마 있지 않아 인디언 도적들을 만나 많은 짐을 빼앗긴 이야기가 나온다. 여기서 헌은 "짐의 무게가 가벼워져서 남은 여행이 더 즐거웠다"고 술회한다.

로마의 황제이자 철학자인 마르쿠스 아우렐리우스(Marcus Aurelius)의 현명한 조언을 명심하자.

"역경이 찾아올 때마다 이 원칙을 마음에 새겨라. 역경을 이겨내면 불운이 바뀌어 행운이 된다."

문제는 외부가
아니라 내면

실제로 우리에게 해를 입히는 것은 분노를 일으키는 일이 아니라 분노 그 자체다. 분노와 짜증을 유발하는 외부의 행동보다는 내면에서 휘몰아치는 분노와 짜증이 우리를 더 괴롭게 만드는 것이다. 예컨대, 다툼이나 가정불화로 심란하고 불안해하는 사람이 얼마나 많은가. 하지만 열에 아홉은 이것 때문에 힘들어하지 않아도 된다. 만약 누군가의 비난이 정당하다면 달게 받아들이면 된다. 그 비난이 그런 가치조차 없다면 굳이 우리가 괴로워할 필요까지 있겠는가.

게다가 불행한 일이 생겼다고 해서 슬퍼하면서 불행을 더 크게 만들 필요도 없다. 에픽테토스는 이렇게 말했다.

"나는 죽어야 한다. 그렇다고 내가 슬퍼하면서 죽어야 하는가? 나는 사슬에 묶여야 한다. 그렇다고 울부짖어야 하는가? 나는 추방당해야 한다. 그렇다고 즐거운 마음으로 가면 안 되는 것인가? 내가 당신을 감옥에 가둔다면 당신은 뭐라고 말할 것인가? 당신은 내 육체를 감옥에 가둘 수는 있지만 내 정신은 제우스가 오더라도 제압할 수 없을 것이다."

다시 강조하지만, 행복하지 않다면 그것은 전적으로 본인의 잘못이다. 그리스의 철학자 소크라테스(Socrates)는 30인 참주가 공포정치를 펼치는 엄혹한 세상에서 살았다. 에픽테토스도 가난한 노예의 신분으로 살아야만 했다. 그럼에도 인류는 그들에게 얼마나 많은 빚을 지고 있는가! 에픽테토스의 말을 들어보자.

"가진 것이 없고, 헐벗고, 집도 난로도 없고, 더럽고, 노예도 거느리지 않고, 도시에 살지도 않으면서 인생을 수월하게 살아갈 수 있을까? 자, 신께서 한 사람을 보내 이 모든 것이 가능하다는 것을 보여주셨다. 나를 보라. 나는 도시에 살지도 않고, 집도 없고, 재산도 없고, 노예도 없다. 나는 길 위에서 자고 아내도 자식도 없고, 그저 땅과 하늘과 싸구려 시계 하나밖에 없다. 그렇다고 내가 원하는 것이 있는가? 슬픔에 빠져 있는가? 두려움에 사로잡혀 있는가? 나는 자유롭지 못할까? 누구라도 내가 욕망에 휩싸이거나 공포에 질린 모습을 본 적 있는가? 내가 신이나 인간을 비난한 적 있는가? 내가 누군가를 고발한 적 있는가? 누구라도 내가 슬픈 표정을 지은 걸 본 적이 있는가? 그리고 당신들이 두려워하고 숭배하는 그 사람들 앞에서 나는 어떻게 행동하는가? 내가 그들을 노예처럼 대하지 않던가? 그들이 나를 왕이나 주인처럼 생각하지 않던가?"

오늘이 곧
축복이다

감사할 만한 일이 얼마나 많은지 생각해보라. 사실 일상에서 누리는 축복에 대해 감사하는 사람들은 별로 많지 않다.

우리는 그 축복을 하찮게 여긴다. 하지만 이탈리아의 예술가 미켈란젤로(Michelangelo)는 "하찮은 것들이 모여서 완벽함을 이룬다. 완벽함은 결코 하찮지 않다"고 말했다.

영국의 작가 아이작 월턴(Izaak Walton)은 다음과 같이 말했다. "신에게서 매일 받는 축복이 흔하다는 이유로 가치 없게 여기거나 신을 찬양하는 일을 잊어버려서는 안 된다. 우리에게 순전한 즐거움과 기쁨을 선사하는 신을 찬양해야 한다. 앞을 보지 못하는 사람을 생각해보라. 그가 아름다운 강과 들판과 꽃을 볼 수만 있다면 그 무엇도 바라지 않을 것이다. 우리가 매일 누리는 수많은 즐거움이 바로 이와 같다."

에피쿠로스는 이렇게 말했다.

"부(富)를 누릴 때가 아니라 욕망을 줄일 때 진정으로 만족할 수 있다고 했다. 하지만 이 행운의 나라에서는 지나치지만 않으면 얼마든지 바라는 만큼 충족시킬 수 있다."

실제로 자연은 인간이 행복해지는 데 꼭 필요한 것을 아낌없이 베푼다. 러스킨도 이런 말을 남겼다. "옥수수가 자라는 모습이나 꽃이 피는 모습을 지켜보는 일, 보습이나 가래를 가지고 농사를 지으면서 거친 숨을 내쉬는 일, 독서하는 일, 사유하는 일, 사랑하는 일, 기도하는 일 모두 인간을 행복하게 만든다."

독일의 종교개혁가 마르틴 루터(Martin Luther)는 "세상 모든 곳이 천국이 될 수 있다"고 했다. 그러니 우리가 더 이상 무슨 일을 할 필요가 있겠는가.

2장

의무를 다하는 행복

마음을 다스리는 자가
성을 빼앗는 자보다 위대하다

신이 선택한 일이 내가 선택한 일보다

더 낫다고 생각하기 때문에,

나는 나에게 어떤 일이 일어나도 늘 만족한다.

_ 에픽테토스

쓸모 있는
존재가 되어야

오, 모든 것을 정복하시는 신이시여!
인간들이 눈에 보이는 것을 믿듯이
당신을 향한 믿음이 신실하다면
이 땅은 축복과 기쁨의 장소가 될 것입니다.
그렇다면 인간들은 지금껏 맛본 행복보다
더 큰 행복을 누리게 될 것입니다.　　　　**- 보에티우스**

　자기 자신이나 다른 사람에게 행해야 하는 의무를 엄격한
감독관처럼 생각해서는 안 된다. 오히려 의무는 다정하고 동
정심이 많은 어머니와 같아서 늘 세상의 근심과 걱정으로부
터 우리를 보호하고 평안한 길로 인도한다.

　사람들로부터 스스로를 고립시키면 대부분의 경우 삶이
지루할 뿐만 아니라 이기적으로 변한다. 우리는 사람들에게
쓸모 있는 존재가 되어야 한다. 그럴 때 비로소 인생은 흥미

롭고 근심으로부터 좀 더 자유로워질 수 있다.

그렇다면 어떻게 해야 인생을 생기와 에너지와 흥미로움으로 가득 채우고 그러면서도 근심 없이 살 수 있을까? 수많은 위인이 행복한 인생을 추구했지만 결국 실패하고 말았다. 영국의 작가 콜턴(Colton)은 이렇게 말했다.

"안토니우스는 사랑에서 행복을 추구했고, 브루투스는 명예에서, 카이사르는 권력에서 행복을 추구했다. 하지만 안토니우스는 수치를 얻었고, 브루투스는 혐오를 얻었으며, 카이사르는 배신을 얻었다. 모두 파멸당하고 말았다."

부유함에는 위험과 고통과 유혹이 따른다. 부를 현명하게 사용하면 큰 행복을 얻기도 하지만, 그 부를 지키려다 보면 근심과 걱정이 생긴다.

최선을 다하는 삶은
늘 평안하다

행복이라는 목표를 이루려면 어떻게 해야 할까? 마르쿠스 아우렐리우스는 다음과 같이 말했다.

"인간이 행동할 수 있도록 만드는 것은 무엇일까? 단 하나가 있으니 바로 철학이다. 철학이란 영혼이 폭력으로부터 상처받지 않게 하고 고통과 쾌락에 무릎 꿇지 않게 한다. 늘 목적의식을 가지고 움직이게 하고, 거짓과 위선에 따라 행동하지 않게 하며, 다른 사람이 무언가를 하거나 하지 않을 것을 바라지 않는다. 지금 일어나고 있는 일을 그대로 받아들이고, 자신에게 부여된 모든 일을 운명으로 수용하며, 죽음이란 생명체를 구성하고 있던 요소들이 해체되는 것에 불과하다고 여기며 기꺼운 마음으로 기다린다."

죽음이 두렵다고 해서 인생에 대한 태도가 달라져서는 안된다. 베이컨은 이에 관해 다음과 같이 말했다.

"마음에 열정이 없는 사람은 나약한 사람이다. 열정을 가지면 죽음에 대한 두려움을 이길 수 있다. 복수심은 죽음을 이기고, 사랑은 죽음을 멸시하며, 명예는 죽음을 갈망하고, 슬픔은 죽음으로 날아간다."

나의 영혼이 죽음의 어두운 입구로 들어간다고 해서
내가 죽음을 두려워한다고 생각하지 말라.
인생을 올바로 사는 사람은 죽음이 결코 두렵지 않다.
올바르게 살지 못하는 사람이나 죽음이 두려운 것이다.

_ 오마르 하이얌

다른 사람들을 행복하게 만들기 위해, "이 땅에 평화와 선의가 널리 퍼지도록" 최선을 다해 살았다면 더 이상 두려워할 필요 없다. 이럴 때 우리는 인생을 망치는 걱정과 근심에서 자유로워질 수 있다. 최선을 다한 뒤에는 마음 편히 결과만 기다리면 된다. 에픽테토스는 이렇게 말하지 않았는가. "무슨 일이 일어나든 항상 만족하라. 신이 선택한 일은 내가 선택한 일보다 늘 더 낫기 때문이다."

쾌락과 방종,
욕망의 대가는 쓰디쓴 것

인생을 살면서 내가 원하는 모든 일을 이루기는 어렵지만, 나 자신 한 명에게는 영향을 미칠 수 있다. 에픽테토스는 말했다.

"당신은 헤라클레스*가 아니라서 다른 사람들의 사악함을 없앨 수는 없다. 당신은 테세우스**가 아니라서 아티카에서 악행들을 몰아낼 수는 없다. 그러나 당신은 스스로를 정결하

---

* 그리스신화에 등장하는 가장 위대한 영웅이다. 신들의 제왕 제우스와 인간인 알크메네 사이에서 태어난 반신반인(半神半人)적인 존재다. 에우리스테우스 왕이 제시한 12가지 과업을 모두 달성하면서 진정한 영웅으로 거듭난다.
** 그리스신화에 등장하는 아테네의 영웅으로, 헤라클레스에 비견된다. 아티카반도를 통일하고 아테네의 왕이 되었다. 그는 온갖 괴물과 악당을 물리치는데, 특히 반인반수의 괴물 미노타우로스를 물리친 이야기가 가장 유명하다.

게 할 수 있다. 프로크루스테스*와 스키론**에게서는 아니더
라도, 자기 자신에게서는 슬픔, 두려움, 욕망, 질투, 적개심,
탐욕, 나약함, 방황을 없앨 수 있다. 신을 바라보고, 신을 사
랑하며, 신의 명령에 따라 거룩해지지 않으면 이러한 일들이
이루어질 수 없다."

사람들은 가끔 자신이 자유로워지면 얼마나 행복할까 상
상하곤 한다. 그런데 러스킨의 말처럼 물고기는 인간보다 더
자유롭게 헤엄치고 파리는 말 그대로 "검은색을 지닌 자유
의 화신"이다. 이른바 쾌락과 방종의 삶은 진정으로 행복한
삶도 아니고 자유로운 삶도 아니다. 그것과는 전혀 상관없
다. 한번 자기 자신에게 굴복하기 시작하면 견디기 힘든 독
재 아래 들어가는 것이다.

인생에서 맞닥뜨리는 유혹은 어떤 면에서는 술이 주는 유
혹과도 같다. 술의 첫 모금은 다디달지만 마지막 한 모금은
쓰디쓰다. 사람들은 탐닉으로 만들어진 욕망을 충족시키고
자 술을 마신다. 욕망만 끝없이 충족시키다 보면 얼마 있지
않아 쾌락은 사라지고 갈망만 남게 된다. 갈망은 시간이 갈
수록 더 억제하기 힘들다. 욕망에 굴복하면 처음에는 잠깐의

---

* 그리스신화에 등장하는 악명 높은 강도이다. 지나가는 행인을 잡아다가 자기 집에 있는 침대에 눕히
고 침대보다 키가 크면 다리나 머리를 자르고, 침대보다 작으면 몸을 늘여 죽였다.
** 그리스신화에 등장하는 악당으로 지나가는 행인을 붙잡아 자기 발을 씻게 했는데, 행인이 발을 씻
기려고 몸을 숙일 때 발로 차서 절벽 아래로 떨어뜨려 죽였다.

만족감이 생기기도 하지만, 그마저도 금방 사라져버린다. 잠시 위안을 얻을지는 몰라도 이를 대가로 더 길고 큰 고통이 기다리고 있다.

욕망에 거스르는 것은 어려운 일이고, 욕망에 항복하는 것은 괴로운 일이다. 불쌍한 희생자는 참을 수 없는 갈망과 절망에서 잠깐 벗어나는 위안을 얻은 대가로 미래에 더 큰 고통에 시달려야만 한다.

반면에 자기 절제는 처음에는 힘들지만 시간이 갈수록 수월해지고 만족감을 느낀다. 우리 인간에게는 모종의 이중성이 존재하는데, 자기 자신을 통제함으로써 무엇과도 비교할 수 없는 승리감이나 쾌감을 느끼게 된다.

가장 위대한 자는
마음을 다스리는 자

지쳐 있는 말을 타고 터벅터벅 느리게 가는 것보다는 힘과 기술이 필요하더라도 기운 좋은 말을 타고 빠르게 질주하는 것이 훨씬 더 즐겁지 않은가. 후자에서는 생기 넘치는 존재의 자유와 활력이 느껴지는 반면, 전자는 활기 없는 노예와 같아서 끊임없는 자극이 필요하다.

자기 자신을 다스리는 사람이야말로 진정으로 위대한 승리자다. 토마스 브라운 경은 "스스로를 다스리는 사람은 이에 만족해 이 땅의 군주나 신에게 돌리는 영광을 전혀 부러워하지 않는다"고 했다.

솔로몬도 이렇게 말했다. "자기의 마음을 다스리는 자는 성을 빼앗는 자보다 나으니라."

하지만 이 진실하고 위대한 군주제인 '자기 통제'는 누군가에게 상속받을 수 있는 것이 아니다. 자기 자신이 직접 정복해야 한다. 자신이 세운 원칙을 꾸준히 지켜나가면 누구나 할 수 있는 일이다.

물건을 팔고, 물건을 만들고, 농사를 짓는 일 등 일상의 의무들은 품격 있고 고귀한 인생과는 어울리지 않는다고 말하는 사람들이 있다. 하지만 이 말은 틀렸다. 인생의 귀천은 직업이 어떠하냐에 달려 있는 것이 아니라 그 일을 어떤 마음으로 하느냐에 달려 있기 때문이다. 초라해 보이는 일을 하면서도 고귀할 수 있고, 군주나 천재의 삶을 살아도 비천해질 수 있다. 러스킨이 남긴 예술에 대한 설명은 인생에도 그대로 적용된다.

"그림을 그릴 때 마음에 애정과 감탄을 품고 있으면 장미를 그리든 절벽의 동굴을 그리든 아무 상관없다. 진지한 목적만 가지고 있다면 몇 달에 걸쳐 캔버스의 한쪽 귀퉁이만 채우든 하루 만에 궁전 앞면을 모두 채우든, 다시 말해 인내심을 갖고 천천히 그림을 그리든 부지런히 손을 놀려 그리든 그것은 중요하지 않다."

우리는 영웅들의 이야기를 읽으며 감탄한다. 하지만 우리 각자도 마라톤전투와 테르모필레전투*를 치러야 한다. 자신이 가는 길에서 스핑크스**를 맞닥뜨려야 하고 헤라클레스처럼 선과 악 사이에서 선택해야 한다. 파리스***처럼 생명의 사과를 아프로디테, 헤라, 아테나 중 한 명에게 주어야 한다.

"한 걸음씩 늘
인도하소서"

인생에서 성공이 늦게 찾아온다고 해서 낙심할 필요가 없고 빨리 온다고 해서 자만할 필요도 없다. 우리는 실패의 원인이 자기 자신에게 있는데도 불구하고 주변 환경을 탓할 때

---

* 마라톤전투와 테르모필레전투는 그리스와 페르시아 사이에 벌어진 대표적인 전투를 가리킨다. 마라톤전투는 육상 경기인 '마라톤'의 기원이 되었고, 테르모필레전투는 영화 <300>의 배경으로도 잘 알려졌다.

** 그리스신화에 등장하는 사자의 몸에 사람의 머리와 새의 날개를 가진 동물이다. 신화에서 스핑크스는 테베로 들어가는 길목에서 사람들에게 수수께끼를 내고 맞히지 못하면 잡아먹었다고 한다.

*** 그리스신화에서 트로이의 왕자 파리스는 아프로디테, 헤라, 아테나 중 가장 아름다운 여신에게 생명의 사과를 건네주어야 하는 심판관 역할을 맡았다. 결국 파리스는 아프로디테를 선택하고 최고의 미인 헬레네를 선물로 받았는데, 이를 계기로 트로이전쟁이 벌어진다.

가 있다. 세네카는 그의 편지에서 시력을 거의 잃은 하녀 하페이스트의 이야기를 전한다.

"그녀는 자기 눈이 잘 보이지 않는다는 것을 모르고 집이 어둡다고 불평했다. 이런 우스운 일이 우리에게도 일어나고 있다. 아무도 자기 자신이 욕심이 많다고 생각하지 않는다. 나는 야심 같은 건 없지만 로마에서 살려면 어쩔 수 없다고 말한다. 나는 사치스럽지는 않지만 도시에서 살려면 이 정도 돈은 써야 한다고 말한다."

영국의 신학자 존 헨리 뉴먼(John Henry Newman)은 아름다운 찬송가에서 이렇게 노래했다.

내 갈 길 멀고 밤은 깊은데 빛 되신 주
저 본향 집을 향해 가는 길 비추소서.
내 가는 길 다 알지 못하나
한 걸음씩 늘 인도하소서.

우리는 신뢰할 만한 안내자를 따르고 있다고 확신해야 한다. 그저 게을러서 아무렇게나 떠돌아다녀서는 안 된다. 우리 각자는 인생을 올바르게 이끌 인도자를 마음속에 가지고 있다.

만약 무엇을 해야 할지 잘 모르겠다면 지금 내가 무엇을 하길 바라는지 스스로에게 물어보는 것이 좋은 방법이다. 게다가 어떤 결과든지 단 한 번의 결심이나 어쩌다가 했던 행동이 아니라, 매일같이 꾸준히 준비하는 것에 따라 만들어진다. 전투의 승패도 실제로 싸움이 일어나기 전에 이미 결정된다. 욕정을 절제하고 싶다면 우리는 먼저 습관을 다스려야 하고, 일상의 사소한 부분들부터 계속 감시해야 한다.

씨앗이
곧 나무다

이솝우화에는 사소해 보이는 것이 얼마나 중요한지 가르쳐주는 힌두교의 전설이 있다. 이 이야기에서 아미(Ammi)는 아들에게 이렇게 묻는다.

"저 나무의 열매를 가져와 잘라보아라. 무엇이 있느냐?"

"작은 씨앗들이 있습니다."

"씨앗 하나를 쪼개보아라. 무엇이 보이느냐?"

"아무것도 보이지 않습니다, 아버지."

"아들아, 네가 아무것도 볼 수 없는 곳에 거대한 나무가 깃들어 있단다."

이 이야기는 세상에는 실제로 사소하다고 말할 수 있는 것이 하나도 없다는 교훈을 전해준다. 그러므로 우리는 작고 사소한 것부터 스스로 살펴야 한다. 미국의 사상가 랄프 왈도 에머슨(Ralph Waldo Emerson)은 이렇게 말했다. "화를 자주 내는 사람이 되고 싶지 않다면, 화를 내는 습관을 키워서는 안 된다. 화가 나는 일도 참아야 한다. 처음에는 마음의 평정을 유지하면서 며칠 동안 화를 내지 않고 견딜 수 있는지 세어보라. 나도 예전에는 매일같이 격정에 사로잡혔다. 그런데 그것이 이틀에 한 번, 사흘에 한 번, 나흘에 한 번으로 갈수록 횟수가 줄어들었다. 만약 한 달 동안 화를 내지 않고 참았다면, 신에게 제물을 바쳐라. 습관은 처음에는 약해지기 시작하다가 나중에는 완전히 사라지기 때문이다. 어제도 오늘도 화를 내지 않고 두세 달 동안 평정심을 유지했다가, 갑자기 흥분할 일이 생겼음에도 주의했다면 제대로 하고 있다고 확신해도 좋다."

마음의 평화는
삶의 완전한 선물

누구나 마음을 다스릴 의지가 있다면 마음의 평화를 얻을 수 있다. 마르쿠스 아우렐리우스도 이렇게 말했다.

"사람들은 전원이나 바닷가나 산속에서 안식처를 찾는 경향이 있다. 당신도 마찬가지일 것이다. 대부분의 사람들이 그렇다. 하지만 우리는 자신의 마음속에서도 안식처를 찾을 수 있다. 자신의 영혼만큼 고요하고 평온한 안식처는 세상에 없다. 내면 속의 생각들을 가만히 바라봄으로써 언제나 완벽한 평화를 누릴 수 있다."

자신의 영혼 안에 이러한 안식처를 가지고 있는 사람은 진정한 행복을 느낄 수 있다. 고대 로마의 철학자 보에티우스(Boethius)는 "덕이 있는 사람은 현명하고, 현명한 사람은 선하고, 선한 사람은 행복하다"고 했다.

하지만 우리는 순전하고 유용한 삶을 살아나가지 않으면 행복해질 수 없다. 자기 자신을 위해 마음에 좋은 것을 쌓아두어야 한다. 마음속에 순수하고 평화로운 생각들을 채워야 한다. 과거의 즐거운 추억과 미래에 대한 희망을 간직해야 한다. 가능하다면 자책과 걱정과 불안을 없애고, 불의와 싸우고 욕정을 절제하고 바람직한 성향을 발전시켜나감으로써 인생을 순결하고 평화롭게 만들어야 한다. 더불어 우리는 어떤 생각으로 마음을 채워야 할지 신중하게 결정해야 한다. 사람의 영혼은 그가 갖는 생각에 물드는 법이다. 마음이 죄

악으로 더러워진다면 영혼이 순결함을 유지하기 어렵다.

마음의 평화는 헤아릴 수 없이 소중한 선물이자 의무에 충실한 것에 따른 값진 대가다. 에픽테토스는 묻는다.

"대가가 없다고? 선하고 정의로운 일을 행하는 것 자체보다 더 큰 대가가 있는가? 올림피아*에서 그대는 다른 어떤 것도 원하지 않을 것이다. 경기에 참가한 것만으로도 큰 명예이기 때문이다. 그런데 어떻게 선을 행하고 행복한 삶을 사는 것을 한낱 작고 사소한 일로 치부할 수 있는가?"

---

* 고대 그리스에서 올림피아(Olympia)는 제우스에게 제사를 지냈던 도시다. 4년마다 제우스 신전에서 제사를 지내면서 운동 경기를 열었다. 이 올림피아 경기가 지금의 올림픽(Olympic) 대회의 기원이 되었다.

3장

책이 주는 기쁨

현자들과의 대화라는 특권

집 안이든 집 밖이든

책을 읽을 그늘진 구석을 마련하라.

머리 위로 푸른 잎이 속삭이는 곳이든

소란스러운 거리의 한가운데든

나는 어디서나 편안하게 책을 읽는다.

좋은 책을 읽는 즐거움은

나에게는 황금보다 귀하다.

_ 옛 영국 노래

세상에서
가장 값진 '책'

이 시대에 우리가 누릴 수 있는 모든 특권 중 가장 감사한 것은 책을 쉽게 접할 수 있다는 것이다.

1344년에 집필하고 1473년에 발간된 『필로비블론(Philo-biblon)』은 문학의 즐거움을 이야기한 최초의 논문이다. 이 책의 저자이자 더럼의 주교인 리처드 드 베리(Richard de Burry)는 책이 가진 미덕에 대해 이렇게 말했다.

"책은 회초리를 들거나 벌을 주지 않는다. 욕을 하거나 화도 내지 않는다. 옷이나 돈을 요구하지 않는다. 그러면서도 우리를 가르치는 선생님이다. 우리가 언제 만나러 가도 늘 깨어 있다. 호기심 어린 질문을 해도 뭐든 대답해준다. 우리가 실수해도 불평하지 않는다. 세상 사람들은 우리에게 무지하다고 하지만 책은 우리를 비웃지 않는다. 책이라는 지혜의 보물창고는 어떤 재물보다 귀하다. 우리가 무엇을 원하든 책보다 값진 것은 없다. 따라서 진리, 행복, 지혜, 학문, 신앙의

열렬한 추종자는 책을 사랑하는 사람일 수밖에 없다."

수백 년 전 사람들이 책에서 많은 것을 얻었다면 지금은 얼마나 더 많은 것을 얻을 수 있겠는가!

책이야말로
진정한 친구

책 읽기를 좋아하는 사람들은 책을 진정한 친구로 생각했다. 이탈리아의 시인 페트라르카(Petrarca)도 마찬가지였다.

"나에게는 나를 지지해주는 친구들이 있다. 이 친구들은 나이와 국적이 아주 다양하다. 그들은 어디에 있든지 특출하고 학식이 뛰어나다. 나는 언제든 그들에게 다가갈 수 있다. 내 마음대로 곁에 두기도 하고 치워버릴 수도 있다. 이 친구들은 날 귀찮게 하지 않는다. 내가 무언가를 질문하면 곧바로 대답해준다. 어떤 친구는 과거의 역사를 이야기해주고, 어떤 친구는 자연의 비밀을 알려준다. 또 어떤 친구는 어떻게 살아야 할지 가르쳐주고, 어떤 친구는 어떻게 죽어야 할지 가르쳐준다. 어떤 친구는 나를 기분 좋게 만들어주기도 하고, 어떤 친구는 용감하게 스스로를 신뢰하도록 값진 교훈을 준다. 다시 말해, 이 친구들은 모든 예술과 학문에 이르는 다채로운 길로 나를 인도한다. 나는 촉박한 상황에서도 이들이 제공하는 정보가 있어 불안해하지 않는다. 수고에 대한 대가로 나의 누추한 집 한쪽 구석에 편안하게 쉴 수 있는 공간을 내어주기만 하면 된다. 이 친구들은 번잡하고 시끄러운 곳보다는 구석지고 조용한 곳을 더 좋아하기 때문이다."

영국의 수학자이자 신학자인 아이작 배로(Isaac Barrow)는 이렇게 말했다.

"책을 사랑하는 사람은 진정한 친구, 유익한 상담자, 유쾌한 동반자, 위로를 주는 사람이 필요 없다. 공부를 하고 책을 읽고 사색을 하면 어떤 상황에 처하든 어떤 운명을 맞이하든 마음이 순수해지고 기분이 좋아진다."

영국의 계관시인 사우디(Southey)는 좀 더 감성적으로 접근한다.

나의 시절은 죽은 자들과 함께 지나간다.
어디든 내 주변을 바라봐도
훌륭한 옛 지성들이 거기에 있다.
그들은 날마다 대화를 나누는
변치 않는 나의 친구들이다.

영국의 시인 에이킨(Aikin)은 다음과 같이 말했다.

"옛 현자들의 그림자를 불러내 흥미진진한 주제로 대화를 나누자고 요청할 수 있는 힘이 있다고 상상해보자. 이러한 특권이 어디 있겠는가! 그 어떤 즐거움도 따라올 수 없다. 책이 꽉 들어찬 도서관에 들어가면 우리는 이런 힘을 가질 수 있다. 크세노폰과 카이사르를 불러내 그들이 이룬 업적을 물어볼 수도 있고, 데모스테네스와 키케로를 불러내 우리 앞에서 연설을 시킬 수도 있다. 소크라테스와 플라톤 앞에 모여든 청중 사이에 끼어들 수도 있고 유클리드와 뉴턴에게 직접 그들의 이론을 설명해달라고 할 수도 있다. 우리는 책 속에서 역사상 가장 훌륭한 사람들의 탁월한 사상을 엿볼 수 있다."

책 읽기는 일상의
순수한 기쁨

영국의 비평가이자 주교인 제레미 콜리어(Jeremy Collier)는 책에 관해 이렇게 말했다.

"책은 청년에게는 길이 되어주고 노인에게는 오락이 되어준다. 외로울 때는 힘이 되어주고 괴로울 때는 탈출구가 되어준다. 사람이나 일 때문에 받은 상처에서 벗어나게 해준다. 근심과 걱정을 내려놓게 하고 낙담하지 않게 도와준다. 인생살이에 지친 우리가 죽은 자들에게 다가가도 그들은 짜증 한 번 내지 않고 잘난 척도 하지 않고 그저 자신들의 이야기를 담담하게 들려준다."

사실 책을 읽는다는 것은 꼭 공부를 한다는 것을 의미하지는 않는다. 영국의 작가 프레더릭 해리슨(Frederic Harrison)은 '책의 선택'에 관한 탁월한 글에서 이렇게 썼다. "나는 시적이고 감상적인 문학이야말로 일상에 가장 필요하다고 생각한다."

영국의 시인 제프리 초서(Geoffrey Chaucer)는 『착한 여성들에 관한 전설(Legende of Goode Women)』의 머리말에서 이렇게 노래했다.

비록 나는 지식이 깊지 못하나
책을 읽을 때 가장 행복하다.
책을 읽으면 온전한 믿음이 생기고
마음속에 경외심이 샘솟는다.
책의 즐거움이 나를 사로잡아
어떤 놀이도 책에서 떼놓을 수 없다.
하지만 오월의 봄이 찾아와

새들이 지저귀고 꽃이 피면
나는 잠시 책과 이별한다.

부와 명성과 지위와 재능을 모두 거머쥔 영국의 정치가이
자 문필가인 매콜리(Macaulay) 역시 책 속에서 가장 큰 행복을
찾았다고 고백했다. 영국의 역사가 조지 트리벨리언(George
Trevelyan)은 자서전에서 이렇게 말했다.

"매콜리는 지난 세대의 위대한 지성들에게 느낀 감정을
나름의 방식으로 표현했다. 매콜리는 그들에게 얼마나 큰 빚
을 지고 있는지, 그들이 자신을 어떻게 진리로 이끌고 고귀
한 마음을 갖게 했는지, 격변하는 온갖 상황에서도 자신의
곁을 지켜주었는지 이야기했다. 슬플 때는 위로해주었고, 아
플 때는 간호해주었으며, 외로울 때는 친구가 되어주었다.
부유할 때나 가난할 때도, 영화를 누릴 때나 조용히 살 때도
늘 한결같은 친구가 되어주었다. 매콜리가 글을 써서 명예와
부를 얻은 것은 사실이지만, 그는 이러한 기쁨보다는 책을
읽으면서 얻은 기쁨을 더 소중하게 여겼다."

미국의 평론가인 풀러(Fuller)는 "청년들은 역사책을 읽으
면 주름이나 백발 없이도 생각이 깊어지고, 노환이나 질병 없
이도 원숙한 경험을 얻게 된다"고 말했다. 물론 만사를 제쳐

놓고 책에만 빠져드는 것은 조심해야 한다. 영혼을 살찌우는 것도 좋지만 몸의 건강을 지키는 것도 중요하기 때문이다.

어쨌든 다시 강조하지만, 요즘은 책이 아주 저렴해 누구나 쉽게 구할 수 있다. 예전에도 이런 축복을 누릴 수 있었던 것은 아니다. 최근에 와서야 누릴 수 있는 축복이다.

도서관은
"무한한 부의 공간"

영국의 작가 매리 램(Marry Lamb)은 책을 좋아하는 어느 소년이 서점을 떠나지 못하고 서성이는 모습을 지켜보면서 이런 글을 남기기도 했다.

나는 열정 가득한 눈으로
책방에서 책을 읽는 소년을 보았다.
소년은 책에 온 마음을 빼앗겼다.
그 모습을 본 서점 주인이
소년에게 이렇게 말한다.
"넌 책을 절대 사지 못할 거야.
그러니 책을 보면 안 된다."

소년은 한숨을 내쉬며 천천히 서점을 나온다.
소년은 글 읽기를 배우지 않았더라면
저 심술궂은 늙은이의 책을
읽고 싶지 않았을 거라고 생각한다.

영국의 극작가이자 시인인 말로(Marlowe)의 말처럼 도서관은 "무한한 부가 쌓여 있는 공간"일 뿐만 아니라, 그곳에 앉아 있으면 지구상 어디든 갈 수 있는 곳이다. 캡틴 쿡(Captain Cook)이나 다윈(Darwin), 킹즐리(Kingsley)나 러스킨과 함께 세계 곳곳을 여행하며 혼자 다닐 때보다 더 많은 것을 보게 된다. 우리가 가지 못할 세계는 없다.

독일의 지리학자 훔볼트(Humboldt)와 영국의 천문학자 존 허셜(John Hershel)은 태양과 행성들 너머에 있는 신비로운 성운까지 우리를 데려간다. 공간만이 아니라 시간의 한계도 없다. 역사는 과거의 시간으로 멀리 뻗어 있다. 지질학은 인간이 창조되기 전인 몇 백만 년 전으로, 물리적인 우주 자체가 탄생한 기원까지 거슬러 올라간다. 책은 생각의 한계도 초월한다. 아리스토텔레스와 플라톤이 데려가는 영역은 어느 정도 깊이 연구하지 않으면 그 진가를 알아볼 수 없다.

고요한 도서관의 문을 열 수 있는 황금 열쇠를 가진 사람은 누구나 위안과 격려, 회복과 즐거움을 얻을 수 있다. 도서관은 진정한 동화의 나라이자 기쁨의 궁전이며, 거친 세파를 피할 안식처가 된다. 이곳에서는 부유하든 가난하든 누구나 평등하게 책을 즐길 수 있다. 부자라고 해서 더 많은 유익을 얻는 건 아니다.

우리는 도서관을 잘 활용하면 이 땅 위를 모두 천국으로 만들 수 있다. 우리는 이 천국에서 가장 중요한 역사, 가장 흥미로운 여행과 모험, 가장 재미있는 이야기, 가장 아름다운 시를 읽을 수 있다. 또한 가장 훌륭한 정치가나 시인, 철학자와 만날 수 있고, 위대한 사상가의 사상도 엿볼 수 있으며, 천재들의 훌륭한 작품도 즐길 수 있다.

4장

책을 선택하는 방법

나를 탁월하게 만드는
책 친구들이여!

방 안 가득한 나의 조용한 하인들이

밝을 때나 어두울 때나 늘 내 친구들을 기다린다.

천사들이 내려와 달콤하고 나직하게 속삭인다.

하늘의 영혼들이 밤낮으로 이곳을 오고간다.

_프록터

흥미 있는 책을
골라라

그럼에도 친구들의 기다림이 헛된 경우가 자주 있다. 그 이유 중 하나는 사람들이 읽을 책이 너무 많기 때문이다. 옛날에는 책이 희귀하고 소중했지만, 지금은 상황이 정반대다. 영국의 시인 바이런(Byron)은 이렇게 말한다.

글이라는 것은
작은 잉크 방울들이
생각 위에 이슬처럼 내려앉아,
수천, 아니 수백만의 생각을 만들어낸다.

우리 옛 선조들은 책을 구하기 쉽지 않았다. 하지만 지금 우리는 어떤 책을 선택해야 할지 몰라 어려움을 겪는다. 우리는 무슨 책을 읽을지 신중히 선택해야 한다. 오디세우스의 선원들처럼 바람 자루를 보석 자루로 착각해 선택해서는 안 된다.* 게다가 언어와 정의(定義)는 사상의 도구일 뿐만 아니라 탐구의 도구이므로 쓰레기 같은 것에 시간을 낭비해서도 안 된다.

이 세상에는 책들이 아주 많다. 하지만 책이라고 할 수 없는 책들도 있다. 우리는 아무 생각 없이 이러한 책들을 선택함으로써 순전한 행복을 얻을 수 있는 시간을 낭비한다. 동양 속담에 '하늘이 내린 재앙은 피할 수 있지만 우리 스스로 초래한 재앙은 피할 수 없다'는 말이 있다.

많은 사람이 이른바 딱딱한 책은 이해하기 어려울 거라는 두려움 때문에 읽을 시도조차 하지 않는다. 하지만 최선을 다해 책을 읽는다면 그런 편견은 사라질 것이다.

책을 읽을 때는 자신이 흥미를 느끼는 주제의 책을 선택하는 것이 제일 중요하다. 몇 년 전, 찰스 다윈에게 어떤 연구 주제를 선택하면 좋을지 조언을 구한 적이 있다. 다윈은 나에게 가장 흥미를 느끼는 주제를 물어보았고, 그 주제를 선택하라고 말해주었다. 이는 누구에게나 적용되는 조언일 것이다.

---

* 『오디세이아』에서 오디세우스는 바람의 신 아이올로스에게 순풍을 맞으면서 집에 무사히 도착하도록 바람 자루를 선물받는다. 하지만 오디세우스가 잠든 사이 그의 부하들은 바람 자루가 보석 자루인 줄 알고 열었다가 모두 바람에 날아가버렸다.

책들의 '생존경쟁'을
고려할 것

러스킨은 사람들이 무엇 때문에 고통을 받는지는 궁금하지 않지만, 무엇을 잃고 사는지는 궁금하다고 말했다. 우리는 다른 사람의 잘못 때문에 고통을 받지만, 자기 자신의 무지 때문에 훨씬 더 많은 것을 잃는다.

존 허셜은 이렇게 말했다.

"만일 내가 온갖 경험을 하고, 인생의 궁극적인 행복을 얻고, 세상의 고통을 막아줄 방법을 구한다면, 그것은 독서일 것이다."

서재를 소유하는 것과 서재를 지혜롭게 사용하는 것은 전혀 다른 문제다. 나는 사람들이 무슨 책을 읽을지 선택하는 데 그다지 주의를 기울이지 않는 모습에 놀랄 때가 있다. 사실 우리 주변에는 수많은 책이 있지만 안타깝게도 우리가 책을 읽는 시간은 거의 없다. 게다가 책을 읽는다 해도 아무 책이나 읽는다. 친구 집에 놀러 가서 우연히 책을 집어들기도 하고 기차역 매점 가판대에서 파는 소설책을 사기도 한다. 표지 디자인만 보고 책을 사는 경우도 있다.

물론 책을 선택하는 일은 쉽지 않다. 나는 누가 100권의 양서를 추천해주길 바라기도 한다. 신뢰할 만한 근거로 추천하는 책 목록이 있다면 유용하게 쓰일 것이다. 자기가 읽을 책은 직접 선택하라는 말도 있지만, 이는 수영을 제대로 익힐 때까지는 물 근처에도 가지 말라는 말과 다르지 않다.

책을 고를 때는 사람들의 일반적인 평가도 고려해야 한다. 동식물처럼 책들에게도 '생존경쟁'과 '적자생존'이 존재하기 때문이다. 좋은 책은 중요한 자격 조건을 갖춰야 한다. 최근에 나온 역사책과 과학책일수록 정확한 정보와 신뢰할 만한 결론을 담고 있어야 한다. 다른 민족이나 시대를 다룬 책은 '다름'에서 오는 흥미가 느껴져야 한다면, 동시대 같은 민족을 다룬 책은 친근하고 편하게 읽을 수 있어야 한다.

역사의 오늘을 이루는 책들

나는 에픽테토스의 『엥케이리디온(Enchiridion)』을 모든 책 중에 가장 뛰어난 작품으로 꼽는다. 에픽테토스와 함께 마르쿠스 아우렐리우스의 저작들도 탁월하다. 공자의 『논어(論語)』는 영어권 독자들에게는 낯설 수도 있지만 인류의 고전이므로 주의 깊게 살펴볼 만한 책이다.

아리스토텔레스의 『니코마코스 윤리학(Nicomachean Ethics)』
도 우리의 윤리관에 깊은 영향을 미친 책이다. 이슬람 경전
인 『코란(Koran)』은 공자의 『논어』만큼이나 인류의 정신세
계에 막대한 영향을 미쳤다. 성 아우구스티누스의 『고백록
(Confessiones)』은 모든 유럽 언어로 번역될 만큼 큰 사랑을 받
았다. 아리스토텔레스와 플라톤의 책도 빼놓을 수 없다. 아
리스토텔레스의 『정치학(Politics)』이나 플라톤의 『대화편(Dia-
logues)』은 서양의 지성사를 알려면 꼭 읽어야 할 책이다.

장대한 서사시는 오래전부터 인기를 얻은 문학 장르다. 게
르만족의 영웅 서사시 『니벨룽겐의 노래(Nibelungenlied)』는 작
품의 가치에 비해 크게 빛을 발하지 못했다. 그리스 비극 작
가 아이스킬로스의 서사시 『프로메테우스(Prometheus)』와 디
오니소스 제전에서 상연된 『오레스테이아(Oresteia)』도 빼놓
을 수 없는 작품들이다. 영국의 작가 시먼즈(Symonds)는 특히
아이스킬로스의 『아가멤논(Agamemnon)』은 필적할 만한 작품
이 없을 만큼 위엄을 갖추고 있다고 칭송했다.

역사책을 읽다 보면 단순히 왕조가 어떻게 흥망성쇠하고
전쟁이 언제 일어났는지를 아는 것보다 인류의 사상이 어떻
게 발전하고 예술과 학문과 법률이 어떻게 진보했는지를 아
는 것이 더 중요하다는 사실을 깨닫게 된다. 그런 의미에서

몇몇 역사책을 추천하고 싶다. 헤로도토스의 『역사(History)』, 크세노폰의 『아나바시스(Anabasis)』, 타키투스의 『게르마니아(Gremania)』, 에드워드 기번의 『로마제국 쇠망사(The History of the Decline and Fall of the Roman Empire)』, 흄의 『영국사(History of England)』, 칼라일의 『프랑스혁명사(French Revolution)』, 그로트의 『그리스사(History of Greece)』, 그린의 『영국인에 대한 짧은 역사(Short History of the English People)』 등이 있다.

아름답고 든든한
책 친구들

과학은 급속도로 발전하고 있으므로 유익하고 흥미로운 주제라고 해도 신뢰할 만한 목록을 만들기는 어렵다. 여기서는 베이컨의 『신기관(Novum Organum)』, 존 스튜어트 밀의 『논리학(Logic)』, 다윈의 『종의 기원(Origin of Species)』 정도만 언급하고자 한다.

항해와 여행에 관한 책 중에서 사람들에게 인기 있는 책으로는 제임스 쿡의 『항해기(Voyage)』, 훔볼트의 『여행(Travels)』, 다윈의 『박물학자의 일지(Naturalist's Journal)』 등이 있다.

이외에도 데카르트의 『방법서설(Discours de la méthode)』, 존

로크의 『인간오성론(Conduct of the Understanding)』, 루이스의 『철학의 역사(History of Philosophy)』 등을 추천할 수 있겠다.

책을 좋아하는 사람들에게는 하루 일과를 마치고 집으로 돌아와 위대한 작품을 읽으며 시간을 보내는 것 자체가 기분 좋은 일이다. 이처럼 나를 싫어하거나 배신하거나 저버리지 않는 수많은 친구가 있다는 것은 얼마나 감사한 일인가!

5장

친구라는 축복

우정은 혼란한
'나'를 비추는 햇빛

인생에서 친구의 우정을 없애는 것은

지구에게 태양을 없애는 것과 같다.

신이 우리에게 주신 축복 중에

우정보다 더 큰 기쁨을 주는 것은 없다.

_키케로

삶의 가장 소중한 재산,
친구

　책을 칭송하는 사람들은 보통 책을 친구에 비유한다. 소크라테스는 이렇게 말했다.

　"사람은 누구나 저마다 야망을 가지고 있다. 그런데 이 모든 야망을 합친 것보다 좋은 친구 하나를 가지는 것이 더 낫다. 사람들은 재산이 아무리 많아도 자신이 얼마나 소유하고 있는지 정확히 안다. 하지만 친구는 얼마 되지 않아도 몇 명인지는 정확히 알지 못한다. 친구를 세다가도 빼버리는 걸 아까워하지 않는다. 그만큼 친구들을 하찮게 여기는 것이다. 그러나 실제로는 어떤 재산과 비교해도 친구 하나가 더 소중하지 않은가?"

　키케로도 우정에 관해 이렇게 말했다.

　"사람들은 어떤 대상의 가치를 평가할 때 각자 다른 기준을 내세운다. 하지만 우정에 관해서는 모든 사람의 가치 기준이 같다. 부나 권력, 말[馬]이나 노예, 화려한 옷이나 값비

싼 그릇 같은 것에 욕심을 내다가 가장 소중하고 아름다운 인생의 동반자인 친구를 얻지 못한다면 이것이 다 무슨 소용이겠는가? 사람들은 자신이 염소나 양을 얼마나 가지고 있는지 잘 알고 있지만, 친구가 몇 명인지는 잘 알지 못한다."

게다가 사람들은 개나 말 한 마리를 고를 때 신중하게 주의를 기울이면서도 인생 전체에 막대한 영향을 미치는 친구를 선택할 때는 운에 맡기는 경우가 많다.

나는 "사람들은 누군가와 교제하려면 자신을 낮춰야 한다"는 에머슨의 말에 동의하기 어렵다. 특히 에머슨의 이 말은 의문스럽다. "모든 만남은 타협과 양보가 필요하다. 각각의 꽃은 고유한 향기가 있는데 서로 가까워지면 그 향기를 잃어버리고 만다."

이 얼마나 안타까운 생각인가! 정말 그러한가? 정말 그럴 필요가 있는가? 설사 그렇다 해도 친구라는 존재는 정말 좋지 않은가! 나는 친구가 주는 영향이 에머슨의 말과는 정반대라고 생각한다. 우정이라는 햇빛과 온기가 여러 꽃이 어울릴 때 이 꽃들을 더 화려하고 아름답게 만들어줄 것이다.

오늘의 적도
내일의 친구?

친구를 대할 때는 다음 사실을 명심하라. "오늘의 친구가 내일의 적이 될 수 있고, 오늘의 적이 내일의 친구가 될 수 있다."

이 격언에서는 전자보다 후자가 더 깊은 지혜를 담고 있다. 많은 사람이 친구보다는 적을 만드는 데서 더 큰 기쁨을 느끼고 더 큰 고통을 감수한다. 플루타르코스도 그리스의 철학자 피타고라스(Pythagoras)가 조언한 "너무 많은 사람과 악수하지 말라"는 말에 공감했다. 하지만 친구를 잘 선택하는 사람이라면 다음과 같은 플루타르코스의 말에 더 귀를 기울여보자.

천 명의 친구가 있는 사람은
친구가 한 명도 옆에 머물지 않지만,
한 명의 적이 있는 사람은
어디서나 그 적을 만날 것이다.

안타까운 말이지만 좋은 친구는 만들기 어렵지만 적은 쉽게 만날 수 있는 법이다.

하지만 나는 "친구를 잘 선택하는 사람이라면"이라는 말을 다시 한 번 강조하면서 내가 주장하고자 하는 바를 말하려고 한다. 우리는 많은 사람과 더불어 살아간다. 그러다 보면 의도하지 않더라도 쓸모없고 유치한 이야기를 하면서 해로운 영향을 미치는 사람들도 만난다. 그런 사람들은 조금만 노력하면 잘난 척하지 않고도 즐겁고 유익한 대화를 할 수 있다는 사실을 알지 못한다. 오히려 잘못하면 진흙탕 같은 생각이나 잡초 같은 말에 휩쓸려 다닌다.

말을 신중하게 하는 사람에게는 배울 점이 많다. 무언가를 가르치려 하지 않아도, 지혜로운 질문을 던지거나 진심으로 공감해주는 것만으로도 도움을 얻을 수 있다. 하지만 이 가운데 어떤 것에도 해당되지 않는 사람이라면 그와 함께하는 대화는 그저 시간 낭비일 뿐이다. 차라리 그런 사람들과는 "우리가 모르는 사이이길 바랍니다"라고 말하는 편이 나을 수 있다.

"나는 세상을 홀로 걷지 않는다"

친구를 현명하게 선택하면 우리의 인생은 더 행복하고 깨끗해질 것이다. 친구를 잘못 선택하면 어쩔 수 없이 인생도 몰락하고 만다. 친구를 잘 선택하면 힘을 얻을 수 있다. 그런데도 많은 사람이 친구를 되는대로 선택하는 경향이 있다. 누구를 만나든 예의를 지키고 친절히 대하는 것은 좋지만, 그들을 진짜 친구로 대하는 것은 전혀 다른 문제다. 어떤 사람들은 상대방이 가까운 곳에 살거나, 같은 일을 하거나, 여행길에서 우연히 만났다는 이유로 친구가 된다. 하지만 이는 크나큰 잘못이다. 플루타르코스의 표현처럼 이것은 "우정에 대한 허상이나 편견"에 불과하다.

물론 모든 사람에게 친절하게 대하는 태도는 그 자체로 중요하다. "세상에 무시해도 괜찮은 적은 없다"는 말도 있지 않은가. 또한 누군가를 진심으로 사랑해본 사람은 모든 이에게 어느 정도의 애정을 갖게 마련이다. 사람이라면 누구나 나름의 장점을 갖고 있는 것이다.

영국의 의사 네이스미스(Naismith)는 자서전에서 말했다.

"나는 세상의 인정사정없음과 이기심에 대해 많이 들어왔다. 하지만 내가 운이 좋았는지 몰라도 그런 냉정한 상황을 겪어보지는 않았다."

나도 마찬가지였다. 그래서 나는 "우리는 세상을 홀로 걷는다. 우리가 바라고 꿈꾸는 친구의 우정은 한낱 우화에 불과하다"라고 말한 에머슨에게 동의하기 어렵다.

우정은 어둡고 혼란한 생각에
비치는 햇빛

진정한 친구가 인생의 행복과 가치를 더해준다는 것만큼이나 중요한 사실이 또 있다. 우리는 우리 자신에게 의존할 수밖에 없다는 것이다. 우리 각자는 자기 자신에게 최고의 친구이거나 최악의 적이기 때문이다.

실제로 베이컨의 주장을 들으면 마음이 안타깝다. 그는 이렇게 말했다.

"이 세상에 진정한 우정은 찾아보기 힘들다. 특히 동등한 관계에서는 더욱 그렇다. 이 말은 과장이 아니다. 다시 말해 우정이란 우월한 사람과 열등한 사람 사이에서, 즉 한 사람의 운명이 다른 사람의 운명을 좌지우지하는 관계에서 존재하는 것이다."

물론 베이컨이 이 말을 절대적으로 믿는 건 아닌 듯하다. 그는 다른 데서는 다음과 같이 말했기 때문이다.

"우리는 철저히 비참할 정도로 외로워지면 친구를 바라게 된다. 친구마저 없다면 이 세상은 황야나 다름없다."

그는 또 우정에 관해 이렇게도 말했다.

"우정은 어둡고 혼란스러운 생각에 비치는 햇빛과도 같

다. 우정은 거센 폭풍우를 몰아내고 화창한 날씨를 만든다. 친구와 대화를 나누며 자신의 생각을 이해하기 쉽게 전달하는 방법과 생각을 체계적으로 정리하는 방법을 배운다. 친구에게 자신의 생각을 언어로 표현해볼 때 생각은 좀 더 분명하게 모습을 드러낸다. 이런 식으로 우리는 현명해진다. 하루 종일 명상을 하는 것보다 친구와 한 시간 대화를 나누면서 더 많은 걸 배운다. (…) 하지만 사람들은 고독이 무엇인지, 그것이 얼마나 영향을 미치는지 잘 모른다. 군중이 친구는 아니다. 우정이 없다면 사람들의 얼굴은 그저 그림에 불과하고 대화도 시끄러운 소음에 불과하다."

죽음도 우정을
막을 수 없다

우리는 친구를 만드는 것만큼이나 우정을 지키는 일에도 신경을 써야 한다. 친구를 사귀게 되었다면 그 친구와의 우정을 지켜나가도록 힘써야 한다. 동양의 속담에 이런 말이 있다. '친구를 자주 찾아가라. 아무도 가지 않는 길에는 가시덤불만 무성해질 뿐이다.'

정말로 죽음도 우정을 갈라놓을 수 없다. 키케로는 이렇게

말했다,

"친구는 내 눈 앞에 보이지 않아도 항상 함께하고, 내가 가난해져도 친구와 함께하면 넉넉해지고, 내가 병약해져도 친구와 함께하면 건강함을 누린다."

이 말이 역설처럼 들릴 수 있겠지만, 로마의 정치가이자 스키피오의 친구인 가이우스 라일리우스(Gaius Laelius)의 말을 들어보면 진실임을 알 수 있다. "스키피오(Scipio)*는 여전히 살아 있고 앞으로도 늘 살아 있을 것이다. 내가 그의 미덕을 사랑하고 그 가치는 영원히 변치 않을 것이기 때문이다. (…) 아무리 많은 재물과 시간도 스키피오와의 우정과 비교할 수 없다."

따라서 그가 가진 것이 아니라 있는 그대로를 보고 친구를 선택한다면, 그리고 우리가 그 큰 축복을 받을 자격이 있다면, 친구가 세상을 떠나더라도 늘 '추억의 방'에 남아 있을 것이다.

---

* 스키피오는 고대 로마의 정치가이자 장군이다. 제2차 포에니전쟁에서 카르타고의 한니발을 격파하고 로마를 승리로 이끌었다. 제2차 포에니 전쟁에 친구인 라일리우스와 함께 참전했다.

6장

시간의 가치

바로 이 순간을
잡아라

하루하루는 작은 인생이다.

_미상

시간은
인생

아무리 좋은 선물도 시간이 없다면 그 가치를 발휘할 수 없다. 친구, 책, 건강, 여행, 가정도 누릴 수 있는 시간이 없다면 소용이 있을까? "시간은 돈(또는 금)이다"라는 말을 많이들 하지만 나는 '시간은 인생'이라고 생각한다. 이렇게 시간이 중요한데도 열심히 살려고 노력하는 사람들조차 시간을 낭비하는 문제에 대해서는 별 생각을 하지 않는다.

독일의 극작가이자 시인인 프리드리히 실러(Friedrich Schiller)는 "순간의 시간을 흘려보내면 영원의 시간을 되찾을 수 없다"고 했고, 단테는 "가장 현명한 사람은 시간을 잃는 것을 가장 안타까워한다"고 했다.

그렇다고 쉴 없이 고되고 단조로운 일을 하는 것이 이상적이라는 말은 아니다. 건강하게 놀이를 즐기고 친구나 가족과 유익한 시간을 보냈다면 시간을 지혜롭게 사용한 것이다. 놀이는 우리의 몸을 건강하게 만들어줄 뿐만 아니라, 소중한 우리의 근육과 팔다리가 제대로 기능하도록 도와준다. 게다가 적절한 운동은 우리가 삶에서 마주하는 이러저러한 유혹들을 이겨내는 데도 힘이 된다.

게으른 사람은 하고 싶은 일을 할 시간이 없다며 불평한다. 사실 누구나 하고 싶은 일을 하는 시간을 만드는 것은 마음먹기에 달려 있다. 의지가 부족한 것이지 시간이 부족한 건 아니다. 여가시간의 진정한 의미도 자신이 하고 싶은 일을 선택하는 데 있는 것이지 마음껏 게으름을 피울 특권이 주어짐을 뜻하는 것이 아니다.

인생은 길이가 아닌
깊이로 평가받는다

영국의 극작가 윌리엄 셰익스피어(William Shakespeare)는 이렇게 말했다. "시간은 누구와 걷느냐에 따라 속도가 달라진다. 어떤 사람과는 천천히 걷고 어떤 사람과는 빠르게 걷는다. 또 누군가와는 전속력으로 달리고, 다른 누군가와는 제자리에 멈춰 있기도 한다."

중요한 것은 시간을 얼마나 많이 가지고 있느냐가 아니라 그 시간을 어떻게 활용하느냐이다. 영국의 시인 에드먼드 월러(Edmund Waller)는 이렇게 말한다.

> 원은 크기 때문이 아니라
> 완벽함 때문에 칭송을 받는다.
> 우리의 인생도 마찬가지다.
> 오래 살았기 때문이 아니라
> 바람직하게 살았기 때문에 칭송을 받는다.

제레미 테일러는 이렇게 말했다. "게으름은 세상에서 제일 큰 낭비다. 게으름을 피우면 그만큼 가장 소중한 것을 잃게 된다. 게으름으로 시간을 버렸다면 아무리 예술이나 자연의 힘을 동원해도 되돌릴 수가 없다."

인생이란 길이가 아니라 깊이로, 단순히 시간이 아니라 생각과 행동으로 평가되어야 한다. 영국의 정치가이자 문인인 체스터필드 경(Lord Chesterfield)은 아들에게 지혜롭고 통찰력 있는 조언을 남겼다.

"현재 매순간을 낭비하고 있다면 귀한 평판과 이득을 놓치고 있는 것이다. 그러나 지금 이 순간을 유용하게 사용하고 있다면 큰 이자와 함께 돌려받을 수 있는 시간을 저축하는 셈이다."

이런 말도 남겼다.

"사람들이 이 땅 위에서 사용할 수 있는 얼마 되지 않는 시간을 낭비하는 것을 보면 의아할 따름이다. (…) 시간이 가진 진정한 가치를 깨달아야 한다. 모든 순간을 낚아채고 꽉 쥐면서 맘껏 누려라."

괴테의 『파우스트(Paust)』에는 다음과 같은 구절이 나온다.

당신은 열심히 살고 있는가?
바로 이 순간을 잡아라.
당신이 할 수 있거나
생각하는 것을 당장 시작하라.

게으른 사람이
악마를 유혹하는 법

'악마는 게으른 사람을 유혹한다'고 하는 터키 속담이 있는데, 사실은 게으른 사람이 악마를 유혹하는 것이다. 영국의 초상화가 니콜라스 힐리어드(Nicholas Hilliard)도 이렇게 말했다.

"어떤 풍자시에는 악마가 사람을 낚는 장면이 등장한다.

악마는 그의 먹잇감이 좋아하는 취향에 맞는 미끼를 준비한다. 악마에게 가장 쉽게 낚이는 먹잇감은 게으른 사람이다. 게으른 사람은 미끼가 없어도 낚싯바늘을 덥석 문다."

게으른 사람은 스스로 먹잇감이 되기도 하는데, 루터는 이를 다음과 같이 비유했다.

"인간의 마음은 맷돌과 같다. 맷돌에 밀을 넣으면 맷돌이 돌아가면서 밀을 갈아 밀가루를 만든다. 그런데 맷돌에 아무것도 넣지 않으면 맷돌은 돌아가면서 자기 자신을 갈아버린다."

사람을 죽이는 것은 일 자체가 아니라 염려하는 마음이다. '내일 일을 위하여 염려하지 말라'는 성경 구절도 그런 의미에서 나온 말이다. "들의 백합화가 어떻게 자라는가 생각하여 보라 수고도 아니하고 길쌈도 아니하느니라. 그러나 내가 너희에게 말하노니 솔로몬의 모든 영광으로도 입은 것이 이 꽃 하나만 같지 못하였느니라. 오늘 있다가 내일 아궁이에 던져지는 들풀도 하나님이 이렇게 입히시거든 하물며 너희일까보냐 믿음이 작은 자들아."

물론 백합화가 게으르거나 무모하다고 생각하면 오산이다. 오히려 식물은 아주 부지런하다. 한 해 동안 뿌리에 영양분을 저장해두었다가 다음 한 해에 빠르게 성장한다. 그런데도 백합은 염려할 줄 모른다.

영국의 시인 존 밀턴(John Milton)은 이렇게 말했다.

"시간은 날개를 가지고 있어 시간의 창조자에게 날아가 우리가 시간을 어떻게 사용했는지 알린다. 우리가 기도를 한다고 해도 시간을 되돌리거나 시간의 속도를 늦출 수는 없다. 시간을 헛되게 쓰면 천국에는 나쁜 기록이 쌓인다. 따라서 좋은 기록으로 나쁜 기록을 없애야 하는데, 이를 위해서는 공허하게 시간을 보내거나 헛된 생각을 하면서 시간을 낭비해서는 안 된다. 시간이 좋은 기록과 더불어 선한 열매를 신의 영광스러운 왕좌 앞에 가져간다면 얼마나 기쁜 일이겠는가!"

시간은 하늘이 주는
신성한 선물

사람들은 시간을 날아간다고 표현한다. 하지만 시간은 날아가는 것이 아니라 버려지는 것이다. 시간을 낭비하는 것은 애초에 시간을 갖지 못하는 것보다 나쁘다. 셰익스피어는 그의 작품에서 리처드 2세의 입을 빌려 이렇게 말했다.

"내가 시간을 버렸는데, 이제 시간이 나를 버리는구나."

인간이 평생 70년을 산다고 할 때, 우리가 실제로 사용할 수 있는 시간은 얼마나 될까? 잠자고, 식사하고, 옷을 입거나 벗고, 운동을 하는 등 이 모든 시간을 빼고 나면 과연 남는 시간은 얼마나 될까?

이와 관련해 매리 램은 다음과 같이 말했다.

"나는 명목상 50년을 살았지만, 나 자신이 아니라 남을 위해 살았던 시간을 빼면 나는 아직 젊은이에 불과하다."

그런데 여기서 남을 위해 산 시간은 나 자신에게도 다른 누구에게도 도움이 되지 않은 시간이라고 봐야 맞다. 아, 그런데 우리에게는 그런 시간이 얼마나 많은가!

세네카는 "시간은 우리에게서 계속 떠나간다. 어떤 시간은 도둑맞기도 하고 어떤 시간은 그냥 미끄러져 나간다"고 표현했다. 문제는 한번 잃어버린 시간은 되찾을 수 없다는 사실이다. 우리는 부지불식간에 진정한 행복을 내다버리고 있다. 동양의 속담에도 '하늘이 주는 불행은 피할 수 있으나, 스스로 자초한 불행은 피하기 어렵다'는 말이 있다.

시간은 하늘이 주는 신성한 선물이다. 하루하루는 작은 인생이다. 이 세상에서 누리는 특권을 생각해보라! 우리가 원하면 도서관에서 세상의 모든 책을 볼 수 있다. 박물관에 가면 이전 세대의 아름다운 작품을 만날 수 있고, 미술관에 가면 살아 있는 화가들의 위대한 작품을 만날 수 있다.

지루함과는
이제 안녕

고통은 피하기 어려울지 모르나 지루함은 얼마든지 피할 수 있다. 그럼에도 사람들은 여전히 지루함에 몸서리친다. 앞으로는 더 나은 세상이 올 거라 낙관하지만, 바로 지금 여기서 느끼는 지루함은 오로지 본인 잘못에서 비롯된 것이다.

영국의 작가 아서 헬프스 경(Sir Arthur Helps)은 이를 지적하며 다음과 같이 제안했다.

"아! 무엇이 백합화에게 아름다운 자태를 부여하고, 무엇이 제비꽃에게 깊은 색감을 제공하며, 무엇이 장미에게 매혹적인 향기를 일으키는지 모른다면 인생은 지루할 수밖에 없다. 독사가 가진 독의 성분이 무엇인지 모르고, 비둘기의 우아한 동작을 따라 하지 못하면 삶이 재미없을 수밖에 없다. 아! 땅과 공기와 물이 모두 수수께끼 같을 때, 손을 뻗어도 아무것도 만지지 못할 때 매일매일이 지루할 것이다. 자연은 늘 진지하게 이야기를 나누고, 자연을 이해하고, 자연을 정복하고, 자연의 축복을 받으라고 우리를 부른다! 인간들이

여, 가라. 가서 무엇인가를 배우고, 행하고, 이해하라. 그래서
지루하다는 말은 이제 더 이상 그만 하라!"

7장

여행의 즐거움

세상은 그것을
눈으로 직접 본 사람의 것

나라는 존재는 내가 지금까지 본 것의 일부에 불과하다.

_테니슨

지혜로운 사람이
여행을 즐긴다

오늘날은 오랜 옛날에 비해 누리는 혜택이 많다. 그중 교통수단이 발달해 여행을 좀 더 자유롭게 할 수 있다는 점을 들 수 있다.

여행을 뜻하는 'travel'이라는 영어 단어는 다른 뜻도 연상시킨다. 고생을 뜻하는 'travail'이라는 단어와 생김새가 비슷하다. 영국의 언어학자인 스키트(Skeat)의 설명에 따르면, 과거에는 여행이라고 하면 고생을 먼저 떠올렸다고 한다. 그런데 지금은 상황이 너무나도 다르다!

그리스 철학자인 탈레스, 플라톤, 피타고라스처럼 도보 여행을 해야 한다고 말하는 사람들이 간혹 있다. 오늘날에는 철도가 발달하는 바람에 어느 지역이든 기차를 타고 너무 급하게 지나가 아무것도 볼 수 없다는 것이다. 물론 그럴 수도 있겠지만, 그건 철도의 문제가 아니다. 오히려 철도가 생겨서 우리 조상들이 쉽게 갈 수 없던 곳을 큰 힘 들이지 않고도 빠르게 갈 수 있지 않은가. 내가 사는 지역에만 머물러 있지 않고, 넓은 들판과 울창한 숲, 푸르른 산과 평화로운 강, 호수와 사막과 언덕, 고성과 대성당, 그리고 역사적으로 유서 깊은 장소까지 갈 수 있다는 것이 얼마나 큰 축복인가!

이뿐만이 아니다. 남쪽의 태양과 멋진 풍경도 볼 수 있고, 알프스산맥을 배경으로 한 대저택도 볼 수 있다. 파도가 넘실대는 푸른 지중해는 물론이고 소중한 보물들을 품고 있는 유럽의 여러 도시에도 얼마든지 갈 수 있다.

가능한 한 여행을 많이 하면 할수록 좋다. 세상은 그것을 눈으로 직접 본 사람의 것이 된다. 세네카도 이렇게 말했다. "여행이 즐거우려면 먼저 여행하는 사람이 즐거워야 한다." 옛 속담에는 '어리석은 사람은 아무렇게나 돌아다니고, 지혜로운 사람은 여행을 즐긴다'는 말이 있다.

관념에 생명을
불어넣는 '여행'

우리는 여행하기 전에 여행지에 관한 생생하고 정확한 설명을 읽거나, 지도나 사진으로 정보를 얻을 수 있다. 하지만 실제로 직접 가서 현장을 보면 전혀 다른 풍경이 펼쳐져 있다. 산과 빙하, 궁전과 대성당만 그런 것이 아니라 소규모 여행지도 마찬가지다.

예를 한번 들어보자. 다른 사람들처럼 나도 책에서 피라미드에 관한 글을 읽었고 사진과 그림도 보았다. 피라미드 형태는 단순함 그 자체다. 그러나 내가 직접 본 피라미드는 어떤 말로도 형언할 수 없었다. 단지 규모가 거대하기 때문만은 아니다. 글이나 사진으로 본 것과 모양이나 색감이나 위치가 달라서 그런 것도 아니다. 피라미드를 눈앞에서 본 순간, 그전까지 느낀 인상은 희미한 그림자에 불과했다. 실제로 본 광경은 내가 가지고 있던 피라미드에 대한 관념에 생명을 불어넣는 것과 같았다.

물론 여행지에 관한 좋은 글과 사진을 미리 보면 아무 정보가 없을 때보다 여행할 때 더 많은 것을 볼 수 있다. 심지어 좋은 그림이나 설명을 봐야 여행지에서 좀 더 정확하게 감상할 수 있다고 생각하는 사람들도 있다. 그러나 정확하고 자세하게 알 수 있다는 건 맞지만 여행의 생생함은 맛보기 힘들다. 여행을 할 수 있는 사람들에게는 글과 그림만으로도 충분히 흥미를 불러일으킬 수는 있다. 여행을 이미 다녀온 사람들도 글과 그림을 보면서 아름다운 풍경과 재미있는 탐험을 추억으로 간직할 수 있다.

일단, 여행을
결심할 것

그런데 우리가 살고 있는 아름다운 세상을 둘러보지 못하는 사람들이 의외로 많다. 영국의 천문학자인 노먼 로키어(Norman Lockyer)는 과학 조사를 위해 로키산맥을 여행하다가 우연히 프랑스의 노(老)신부를 만나고 깜짝 놀란 적이 있었다. 그는 대화를 나누다가 이 신부가 먼 지역까지 여행을 오게 된 이유를 듣게 되었다.

"이런 곳에서 저를 만나니 놀랄 만도 합니다. 사실 저는 몇 달 전까지 아주 아팠습니다. 의사들도 저를 포기했지요. 어느 날 아침에는 제가 이미 신의 품에 안겨 있다는 생각이 들었습니다. 천사가 다가와 저에게 이제 막 이별하게 된 아름다운 세상을 얼마나 사랑했는지 묻더군요. 그 순간 저는 평생 동안 천국에 관한 설교만 하느라 내가 살고 있는 세상은 전혀 둘러보지 못했다는 생각을 하게 되었습니다. 그래서 신이 은혜를 베푸신다면 이 세상을 더 많이 보겠노라고 마음먹었습니다. 그래서 여기 오게 되었지요."

우리가 아무리 간절히 바란다고 해도 노신부처럼 자유롭게 여행할 수 있는 사람이 많지는 않을 것이다. 그래도 로키

산맥까지는 가지 못하더라도 시간을 낸다면 주변에 갈 수 있는 곳은 얼마든지 많다.

삶을 고양시키는
자연의 에너지

여행지를 실제에 가깝게 묘사하는 것은 쉬운 일은 아니지만, 적어도 이 엄청난 특권을 즐기도록 우리를 설득할 수는 있다. 틴들(Tyndall)의 『알프스에서 보낸 몇 시간(Hours of Exercise in the Alps)』이라는 책을 보면 우리가 마치 알프스에 있다는 착각이 들게 한다.

"나는 몽블랑, 그랑콩뱅, 당블랑쉬, 바이스호른, 돔을 향해 펼쳐진 경이로운 풍경을 바라보았다. 수천 개의 낮은 봉우리들이 내가 산을 오른 것을 축하하듯 반갑게 맞아주었다. 예전처럼 이번에도 나는 이렇게 자문했다. 이 위대한 걸작은 어떻게 만들어졌을까? 거대한 덩어리를 어떻게 이처럼 힘차고 찬란한 모습으로 조각했을까? 대답은 멀리 있지 않았다. 세상의 모든 힘을 품고 있는 듯한 젊고 강렬한 조각가가 동쪽 하늘에서 떠오르고 있었기 때문이다. 그 조각가는 물을 솟구치게 해 골짜기를 갈랐고, 산비탈에 빙하를 심어놓았으며, 중력에게 쟁기를 주어 계곡을 열게 만들었다. 조각가는 이제 오랜 세월 동안 이 거대한 산을 눕혀 바다 쪽으로 천천히 굴린 다음에 대륙의 씨를 뿌릴 것이다. 그래서 나중에 지구에 살게 될 사람들이 널리 퍼지게 되고 융프라우의 무게를 견디는 바위들 위로 옥수수 물결을 보게 될 것이다."

유럽의 강을 묘사한 글은 많지 않지만 읽어보면 무척 흥미롭다. 옛날에는 지금과는 다른 방향으로 흐르는 강들도 있었다. 예컨대 론강은 대단한 여행가였던 것 같다. 믿을 만한 근거에 따르면 론강은 발레주에서 시작해 다뉴브강 쪽으로 흘러가다가 다시 흑해 쪽으로 방향을 전환했다. 그리고 라인강과 템스강과 합쳐졌다가 스코틀랜드와 노르웨이의 산맥과 이어지는 평원을 넘어서 북쪽으로 향해 북극해까지 닿았다. 그런 다음에 지금처럼 지중해로 흘러들어갔다.

우리는 강물이 세차게 달려갈 때나 고요하게 흘러갈 때나 거대한 강의 장엄함에 감동하지만, 강이 지닌 자유로운 생명력과 패기 어린 에너지, 반짝거리고 투명한 작은 개울들의 경쾌한 음악 소리가 매력적으로 다가오기도 한다.

지중해의 눈부신
풍경을 보라

영국의 시인 시먼즈(Symonds)는 자신이 너무도 사랑한 지중해의 햇빛 눈부신 해안, 그중에서도 북쪽과 남쪽의 서로 다른 풍경을 우리에게 생생하게 들려준다.

"지중해 북쪽에는 잎이 무성한 나뭇가지들을 지나면 소들이 여유롭게 풀을 뜯는 조용한 목초지가 나온다. 커다란 나무의 그늘에는 꿈같은 신비로움과 차분한 명상의 분위기가 서려 있다. 반면 지중해 남쪽에는 격자 모양으로 얽혀 있는 올리브 나뭇가지와 잎사귀 사이로 맑은 바다와 푸른 하늘이 언뜻 얼굴을 내비친다. 더불어 파도 위로 비치는 반짝이는 햇빛과 수평선의 청명한 빛이 절정에 달한다. 여기에는 어떤 거짓도 없고 어떤 우울함도 없다. 파도와 햇빛과 그림자가 어우러지면서 벌이는 노래와 춤의 축제가 끝없이 이어진다. 다시 북쪽으로 눈을 돌리면, 잎이 무성한 나무들이 둥글게 숲을 이루어 완만한 언덕 위에 옹기종기 모여 있는 마을과 잘 어울린다. 남쪽에서는 아름다운 산과 계곡과 해변 어디서나 올리브나무의 잎과 날카로운 가지가 눈에 띈다. 이처럼 평온하고 고요한 풍경의 남쪽에서는 아름다운 남녀가 태양신 아폴론의 광명 아래 살아간다. 지혜의 여신 아테나가 이들을 보호하고 미의 여신 아프로디테가 이들에게 아름다움을 선사한다. 평화로운 경치 속에는 올리브나무만 있는 것은 아니다. 키 큰 소나무들이 훨씬 더 중요하다. (…) 특히 마사 근처의 소렌토 옆에는 거대한 소나무 두 그루가 푸른 잔디밭 위에 서 있다. 그중 한 그루는 바다 위에 솟아 있는 카프리섬, 바이아에, 그리고 베수비오산 아래를 둘러싼 나폴리만을 내려다본다. 서로 가지가 얽히며 자란 올리브나무와 장미나무가 해안가를 따라 자연 그대로의 정원을 이루고 있다. 저 멀리 이나리메섬이 잠들어 있는 모습이 보이는데, 이 섬은 그리스어로 '깊은 곳에 있는 처녀 섬'이라는 뜻이다.

좀 더 가파른 언덕 위에는 털가시나무와 철쭉나무가 붉게 물들어 있고, 주변에는 하얀 버찌와 어여쁜 은매화 가지, 월계수 잎, 하늘하늘한 능수버들이 한데 어우러져 있다. 우리의 머리 위로는 커다란 히스나무가 서리가 낀 가지를 흔든다. 해안 가까운 곳에는 유향수가 자라 있고, 향기를 내뿜는 금작화와 로즈메리가 덤불을 이룬다. 클레마티스와 사르사파릴라의 꽃들은 가지를 감고 올라가며 하나가 된다. 여기저기 외진 그늘에는 무성한 포도나무 덩굴이 뽕나무와 느릅나무의 가지를 타고 올라가 뻗어 있다. 사방에 늘어진 꽃 줄 위에 젊은 연인이 앉아 그네를 타기도 한다. 나뭇잎들은 열린 헛간을 타고 올라가며 격자 모양을 이룬다. 이런 풍경이 만들어내는 소리도 잊을 수 없다. 염소 떼가 메에 우는 소리, 벌들이 윙윙거리며 날아다니는 소리, 나이팅게일과 비둘기가 우는 소리, 시냇물이 졸졸 흐르는 소리, 매미가 맴맴 우는 소리, 개구리가 개굴개굴 우는 소리, 소나무가 바람에 속삭이는 소리. 인내심을 가진 사람이라면 고대 그리스의 시인 테오크리토스(Theocritos)가 묘사한 아름다움을 모두 찾아낼 수 있을 것이다."

하루의 축복, 일출과 만나자

남쪽 지방의 따스함은 축복이자 기쁨이다. 생각만 해도 기분이 아주 좋아진다. 나는 월리스가 묘사한 "모든 것을 황금으로 바꾸는 이른 아침의 태양"이 떠오르는 그림 같은 일출 장면을 몇 번이고 거듭해서 읽었다.

"새벽 5시 15분 무렵이었지만 여전히 깜깜했다. 하지만 그 시간이 되자 새 몇 마리가 지저귀며 밤의 침묵을 깼고 동쪽 지평선에서 동이 틀 것을 미리 알렸다. 머지않아 쏙독새의 구슬픈 울음소리가 들렸고 개구리의 울음소리와 개똥지빠귀 울음소리도 들려왔다. 이제 온갖 새들과 동물들의 울음소리로 향연이 펼쳐진다. 5시 30분 정도 되면 하늘이 희끄무

레해진다. 하늘빛이 점점 밝아지면서 15분 정도 지나면 눈 깜짝할 사이에 사방이 환하게 밝아진다. 그다음 15분 동안은 큰 변화가 없다. 지평선 위로 태양이 살며시 얼굴을 내밀기 시작하면 나뭇잎이 머금은 이슬이 보석처럼 반짝이고 황금빛 햇살이 멀리 숲까지 뻗어 만물을 잠에서 깨운다. 새들은 지저귀면서 날개를 파닥거리고, 앵무새는 날카로운 소리를 내지르고, 원숭이는 자기들끼리 끽끽거리며 떠들어대고, 벌은 꽃들 사이로 윙윙 날아다니고, 화려한 나비는 여유롭게 날아다니거나 따스한 햇볕을 받으며 활짝 날개를 편 채로 꽃잎에 앉는다. 적도 지방의 아침 풍경은 잊지 못할 만큼 매력적이다. 자연 만물은 지난밤의 서늘하고 축축한 습기로 다시 생기를 얻는 듯하고, 새로 나온 잎사귀와 꽃봉오리는 눈앞에서 활짝 펼쳐진다. 새싹은 어제보다 훨씬 더 많이 키가 자라 있다. 기온은 더할 나위 없이 쾌적하다. 새벽녘에는 쌀쌀하지만 곧이어 기분 좋은 온기가 퍼진다. 태양이 작열하기 시작하면 열대의 화려한 초목이 화가의 신비로운 그림이나 시인이 찬양하는 시에 나올 법한 아름다운 광경이 실제로 펼쳐진다."

영국의 성직자 스탠리(Stanley)가 아메노피스 3세의 조각상인 멤논을 묘사한 글도 감상해보자. "해질녘이 되면 아프리

카의 산맥은 불그스름하게 타오른다. 푸른 초원은 더 짙게 물들고, 저녁의 땅거미가 오래된 석상의 균열을 감춘다. 해가 저물 무렵 석상은 마치 뒤에 펼쳐진 산과 하나가 된 것처럼 보인다. 석상은 자연 만물과 한데 어우러진 듯하다."

여행은
인생의 특권

여행기를 계속 소개하고 싶은 마음은 굴뚝같지만 여기서 멈추어야겠다. 이런 글들을 하나하나 꺼내다 보면 추억이 새록새록 떠오른다. 여행은 인생을 살아가면서 즐길 수 있는 특권이다. 헬프스 경도 이렇게 말했다.

"베네치아, 제노바, 몬테로사의 눈부시고 완벽한 풍경을 다시 떠올리면 마치 여행을 했을 때처럼 마음이 뿌듯하고 평화로워진다."

여행을 사랑하면 가정에 소홀해진다고 생각하는 사람들도 있다. 하지만 가끔씩 집을 떠나지 않으면 가정의 소중함도 제대로 느끼기 어렵다. 여행과 가정의 관계는 노동과 휴식의 관계와 비슷하다. 서로가 서로를 보완하는 관계다. 역설적으로 들릴지 모르겠지만, 여행 중에 얻는 기쁨 중 하나는 따뜻하고 편안한 집으로 돌아오는 것이다. 방랑 생활을 해보지 않은 사람은 집으로 돌아오는 사람을 보살피는 다정한 여신 도미두카를 향한 방랑자들의 애정을 결코 느낄 수 없을 것이다.

8장

가정의 기쁨

환한 미소와
따뜻한 마음이 있는 집

세상에 내 집만큼 좋은 곳도 없다.

_ 영국의 옛 노래

집 안에서 느끼는
사계절

열심히 일하고 나서 휴가를 떠나는 것이 더 즐거울까, 아니면 신나게 놀고 집으로 돌아와 가족이나 친구들과 추억을 나누거나 책을 읽으며 여행의 기억을 떠올리는 것이 더 즐거울까?

영국의 평론가이자 시인인 리 헌트(Leigh Hunt)는 이렇게 말했다.

"수염 난 노인이 오래된 시골집에 앉아 낭만적이고도 실감나는 항해나 여행에 관한 옛날 책을 읽고 있고, 커튼이 드리워진 문 밖에서 바람이 세차게 불고 있는데 마침 책 속에서 거센 파도가 치거나 울창한 숲이 등장한다면 이보다 더 완벽한 순간이 있을까."

우리는 실제로 내 집 난롯가를 떠나지 않고도 무한히 다양한 것을 즐길 수 있다. 우선, 집 안에서 사계절의 변화를 느낄 수 있다. 봄철의 신선한 연둣빛과 여름철의 싱그러운 녹음과 가을철의 울긋불긋한 색조와 겨울철의 새하얀 우아함이 만들어내는 창밖의 풍경은 얼마나 다채로운가.

우리가 사는 지역의 기후는 온난한 덕분에 아무리 날씨가 궂은 시기라도 고요한 아침의 햇살이 이따금 우리를 찾아온다. 영국의 시인이자 수필가인 J. A. 시먼즈(J. A. Symonds)의 이야기를 들어보자.

"습하고 추운 겨울이지만 가끔씩 지난 봄날의 모습이 언뜻 보일 때도 있다. 이렇게 햇빛이 비칠 때면 나는 말을 타고 숲으로 달려가 한 해가 저무는 시기의 아름다운 색감을 즐긴다. 머리 위로 느릅나무와 밤나무가 무성한 황금빛 잎사귀들을 흔들고, 너도밤나무의 적갈색 빛은 더욱 짙어져만 가고, 산벚나무는 핏빛 와인처럼 붉게 빛난다. 산울타리에는 진홍색 산사나무 열매와 다홍색 들장미 열매가 하얀 클레마티스와 산호색 브리오니아와 함께 화환처럼 한데 어우러져 있다. 나무딸기는 다양한 빛깔을 내며 타오른다. 층층나무는 처음에 갈색빛을 보이다가 점점 자줏빛으로 변한다. 여기저기서 가늘고 긴 나무들은 가냘픈 가지 위에 장미 꽃봉오리 같은 열매를 맺는다. 발밑에는 낙엽이 떨어져 있고, 숲길을 걸어가면 갈색 덤불이 우리 무릎까지 올라온다."

창밖의
우주를 보라

날마다 자연은 우리에게 끝없이 변하는 다채롭고 눈부신 그림을 선사한다. 그런데 생각보다 하늘의 아름다움을 느끼는 사람은 많지 않아 보인다. 영국의 시인 토머스 그레이(Thomas Gray)는 일출 광경을 다음과 같이 묘사했다.

"처음에는 하늘이 황금빛과 푸른빛을 띠면서 서서히 하얘진다. 그러다가 갑자기 눈부시게 밝은 선이 나타나고, 그 선이 반원으로 커진다. 반원은 다시 완전한 원이 되는데 그 원은 너무 장엄하고 강렬하게 빛나므로 똑바로 쳐다볼 수 없을 정도다."

그러고는 이렇게 덧붙였다. "예전에 이러한 광경을 본 사람이 있었을까? 나는 없었을 거라 생각한다."

날이 어두워져도 자연의 아름다움은 멈추지 않는다. 세네카는 이렇게 말했다.

"하늘을 지붕 삼아 자는 것도 괜찮다. 어디서 우리가 땅을 안식처 삼고 저 놀라운 하늘의 광경을 구경할 수 있겠는가?"

나는 마치 창밖에는 볼 것이 없다는 듯 저녁에 습관처럼 방의 창문을 모두 닫고 자던 것을 늘 후회한다. 넓은 밤하늘에 밝은 별빛들이 가득히 수놓인 광경이나 달이 고요하게 은빛을 내며 밤하늘을 돌아다니는 모습보다 더 아름다운 것이 어디 있는가. 에머슨은 "한밤중에 짙은 구름을 뚫고 나온 달을 본 사람은 마치 대(大)천사가 되어 빛과 세상의 창조에 참여한 것과 마찬가지다"라고 말했다. 헬프스도 "별들은 우리에게 중요한 이야기를 전해준다. 하늘을 올려다본 사람이면 누구에게나 조언을 해주고 친구가 되어준다"고 말했다.

참 아름다운 밤이다!
이슬 맺힌 청명함이 고요한 공기를 채운다.
안개도, 구름도, 어떤 얼룩도
하늘의 평화로움을 깨뜨릴 수 없다.
저 멀리 둥근 보름달이
검푸른 밤하늘의 심연을 흘러간다.
달이 계속 빛을 비추고
달빛이 은은하게 퍼지니
마치 둥근 바다가 하늘에 둘러싸인 듯하다.
참 아름다운 밤이다!

_ 사우디

가정의 즐거움은
밖이 아니라 안에 있다

한편, 어둡고 추운 밤은 이렇게 노래할 수 있다.

밖에는 눈발이 가벼이 흩날린다.
사나운 폭풍우가 밤새 몰아친다.
내 방 난롯불은 밝게 타오른다.
방안은 편안하고 조용하며 따스하다.
경쾌하게 타오르는 난롯불 가에서
나는 의자 등받이에 기대 생각에 잠기고
바쁘게 덜거덕거리는 주전자 소리를 들으며
오래전 잊고 있던 노래를 흥얼거린다.　　　　　_ 하이네

결국 가정의 진정한 즐거움은 밖이 아니라 안에 있다. 에
머슨은 이렇게 말했다.

"째깍거리는 시계 소리와 난로에서 장작 타는 소리를 어
떤 음악 소리보다 좋아한다면 그 사람은 집 안에 있을 때 다
른 사람들이 결코 상상할 수 없는 위안을 얻는다."

우리는 시계의 째깍거리는 소리, 장작이 타는 소리를 사랑

하고 까마귀의 깍깍 울음소리를 좋아하는데, 그것은 소리가 아름다워서가 아니라 그 소리가 연상시키는 분위기가 좋아서다.

우리가 집 안에 가만히 머물고 있으면 즐거운 기억들이 새록새록 떠오르기도 한다. 미국의 시인 우드워스(Woodworth)는 이렇게 노래했다.

내 마음속 어린 시절 장면은 얼마나 소중한가.
그리운 추억이 눈앞에 그 시절을 소환한다.
과수원, 초목, 어지럽게 우거진 숲속,
유년기에 내가 사랑한 모든 장소들.

가정은 삶의
든든한 피난처

『문명의 기원(The Origin of Civilization)』에서 나는 야만인들이 가족 간의 사랑을 얼마나 가볍게 여기는지 보여주는 사례를 소개한 적이 있다. 그중 한 가지는 북아메리카의 알곤퀸 언어에는 '사랑하다'라는 뜻을 가진 단어가 없다는 것이다. 그래서 선교사들이 『성경』을 그들의 언어로 번역할 때 단어를 새롭게 만들어야 했다. 사랑이 없는 삶, 사랑이 없는 언어라니 참 상상하기가 어렵다.

우리는 가족들의 냉담함 때문에 상처를 입을 때도 있고, 가족들끼리 사소한 일을 가지고 어리석게 싸울 때도 있다. 맥락 없이 아무 말이나 툭툭 내뱉다가 오해를 사기도 한다. 하지만 "모든 것을 참고, 모든 것을 믿고, 모든 것을 소망하고, 모든 것을 용납하는" 태도로 가족들을 대한다면 인생의 슬픔은 사라지고 가정의 행복은 커질 것이다. 가정은 세상의 풍파와 위험을 막아주는 든든한 피난처가 되어야 한다. 이를 위해서는 가정을 다른 사람이 보기에 그럴듯하게 꾸미는 데 만족하지 말고, 가정의 모든 구성원이 진정으로 편안하고 즐겁게 살아갈 수 있도록 노력해야 한다.

우리의 삶이 힘들고 고통스러워도, 바깥세상이 아무리 춥고 황량해도, 환한 미소와 따뜻한 마음이 있는 집으로 돌아갈 수 있다면 얼마나 기쁘고 행복하겠는가.

9장

학문

지혜로운 삶은
학문으로 훈련된다

지혜를 얻은 자와 명철을 얻은 자는 복이 있나니

이는 지혜를 얻는 것이 은을 얻는 것보다 낫고

그 이익이 정금보다 나음이니라.

지혜는 진주보다 귀하니 네가 사모하는

모든 것으로도 이에 비교할 수 없도다.

그의 오른손에는 장수가 있고 그의 왼손에는 부귀가 있나니

그 길은 즐거운 길이요 그의 지름길은 다 평강이니라.

_ 솔로몬의 「잠언」

학문은 동화만큼
흥미진진한 것

학문을 진지하게 연구해보지 않은 사람은 학문이 인생을 얼마나 흥미롭고 풍요롭게 만들어주는지 상상도 할 수 없을 것이다. 학문을 그저 건조하고 어렵고 따분하다고 생각하는 건 오해에 불과하다. 사실상 대부분의 학문은 쉬울 뿐만 아니라 재미있기 때문이다. "지혜로운 사람의 눈은 머리에 붙어 있지만 어리석은 사람은 그저 어둠 속을 헤맨다"는 말도 있지 않은가.

여러 측면에서 학문은 동화만큼이나 놀랍고 흥미진진하다.

견고한 현실을 담고 있는 것들은

우리의 동화 세상을 환하게 비춘다.

모양과 색은 환상적인 하늘보다 더 아름답다.

학문의 여신은 자신이 관장하는 거친 우주에

생소한 성좌를 퍼뜨린다. _ 바이런

예컨대 식물학을 건조한 학문으로 여기는 사람들이 많다. 사실 식물학이라는 학문을 알지 못하는 사람도 꽃이나 나무를 보고 충분히 감탄할 수 있다. 그런데 이것은 겉으로만 감사하는 것에 불과하다. 마치 멋진 남자나 아름다운 여자를 보고서 감탄하는 것과 같다. 하지만 식물학자(여기서 식물학자란 전문적인 학자가 아니라, 식물학이라는 매력적인 학문에 약간의 지식이라도 가지고 있는 사람을 일컫는다)는 숲으로 가서 그를 반겨주는 식물들로부터 흥미로운 이야기를 듣는다. 영국의 시인이자 평론가인 새뮤얼 존슨(Samuel Johnson)은 푸른 들판을 본 사람은 모든 만물을 본 것과도 같다고 말했다.

"진리가 별의 귀환을 지켜볼 것"

나는 내 취향과 연구 분야와도 어울리는 자연사와 고고학에 관심이 많다. 그런데 하나의 학문 분야에 관심을 가지면 자연스럽게 다른 분야에도 관심이 생기게 마련이다. 천문학이 알려주는 진리 역시 얼마나 장엄한가! 프랑스의 과학자이자 시인인 프뤼돔(Prudhomme)은 이렇게 노래했다.

늦은 밤, 천문학자는 외로이 천문대에서
어두운 밤하늘을 탐험하다가 아득히 먼 곳에서
작은 섬처럼 반짝이는 천체를 발견한다.

이 시인은 발견한 혜성의 궤도를 계산한 다음 1,000년 정도 지나면 다시 그 혜성이 되돌아올 것이라는 사실을 알게된다.

그 별은 돌아올 것이다. 별은 과학을 배신하지 않고
과학적인 계산은 오류가 생기지 않는다.
그때는 지금 살아 있는 사람들이 모두 죽고 없겠지만,
신은 계속 잠들지 않고 끝까지 지켜볼 것이다.
모든 인간은 순서가 오면 세상을 떠나지만,
그들 대신 진리가 별의 귀환을 지켜볼 것이다.

훈련되지 않은 눈은 흙과 먼지밖에 보지 못하지만, 학문으로 훈련된 눈은 예리하게 가능성을 포착한다. 거리에 나가면 발밑에 밟히는 진흙은 흙과 모래와 그을음과 물이 뒤섞인 더러운 오물일 뿐이다. 하지만 여기서 모래를 분리하면 단백석을 추출할 수 있다. 진흙에서는 고급스러운 자기를 만드는 점토를 얻을 수 있다. 진흙을 정화하면 사파이어도 얻을 수 있다. 그을음을 적절하게 처리하면 다이아몬드를 얻을 수 있다. 마지막으로 흙탕물을 정화하고 증류하면 이슬이 맺힐 것이고, 그것이 결정체를 이루면 아름다운 별이 될 것이다. 다시 말해, 우리는 얕은 웅덩이에서 자기 의지에 따라 바닥에 있는 진흙을 볼 수도 있고 저 위에 있는 하늘을 상상할 수도 있다.

궁극의 행복을
선사하는 '학문'

물론 학문이 인생을 흥미롭고 풍요하게 만들어주는 역할만 하는 것은 아니다. 인생을 지혜롭게 살아가기 위해서도 학문을 통해 훈련하는 것이 중요하다.

1861년에 영국왕립위원회는 다음과 같은 내용을 발표했다. "학문은 대부분의 사람들에게 잠재된 관찰 능력을 키워주고, 정확하고 빠르게 일반화하는 능력을 길러주며, 체계적으로 정리하는 기술을 계발해준다. 또한 학생들이 인과관계를 파악하는 능력도 형성시켜준다. 학생들은 학문을 익히면서 추론 과정에 익숙해지고 대상을 빠르게 이해할 수 있다. 집중하지 못하는 산만함을 바로잡을 수 있고 기계적인 단순 암기와 같은 공부에 치중하지 않도록 해준다."

예전에 사우스 런던 노동자 대학에서 영국의 생물학자인 헉슬리(Huxley) 교수가 강연 중에 했던 말이 여전히 기억 속에 인상 깊게 남아 있다.

"모든 사람의 인생과 운명이 매일매일 체스 게임의 승패에 달려 있다고 가정해봅시다. 그러면 체스에 놓는 말의 이름과 말 놓는 법을 배우는 것이 무엇보다 중요하지 않겠습니까? 아버지가 아들에게, 또는 국가가 국민에게 체스의 말인 '폰'과 '나이트'를 구분하는 방법을 가르치지 않는다면, 아버지나 국가는 불만과 경멸의 대상이 될 것입니다. 우리나 우리와 관계된 사람들의 운명과 행복을 결정짓는 '인생'이라는 게임은 체스 게임보다 훨씬 더 어렵고 복잡합니다. 아주 오래전부터 인생은 게임이었습니다. 사람들은 게임을 하는 두 명의 플레이어 중 한 명이었고요. 체스 판은 이 세상이고, 체스의 말들은 우주의 현상이며, 게임의 규칙은 자연법칙이지요. 게임 상대는 우리 눈에는 보이지 않는 존재입니다. 그렇지만 우리는 그가 정정당당하게 인내심을 가지고 게임을 한다는 사실을 잘 알고 있습니다. 그는 내가 실수하거나 게임의 규칙을 모른다고 해서 절대로 봐주지 않습니다. 게임을 훌륭하게 치르는 사람은 그만큼 충분한 보상을 받으며 승리를 기뻐할 것입니다. 하지만 게임을 제대로 하지 못하는 사람은 처절하게 패배할 것입니다."

학문을 현명하게 이용하면 우리는 풍요와 안락함을 누릴 수 있다. 우리가 진심으로 바라고 노력한다면 학문은 우리에게 행복을 선사할 것이다. 학문을 진정으로 사랑하는 사람들에게 학문은 무엇이든 아낌없이 베풀어준다.

10장

교육

진리를 아는 것이
어떤 즐거움보다 크다

신성한 철학!

이는 어리석은 바보들이 생각하는 것처럼

지루하거나 난해하지 않다.

아폴론의 류트 소리처럼 흥겹고

신의 음료 넥타르를 마음껏 즐기는

영원한 축제와도 같다.

_ 밀턴

배움에 이르는 길
모두가 '왕도'

　인생의 즐거움이라는 목록에 '교육'도 포함된다면 다소 놀라는 사람도 있을 것이다. 대다수 사람들은 교육은 어린 학생들에게 따분한 것이고 학교를 졸업하는 동시에 끝난다고 생각하기 때문이다. 하지만 교육이 제대로 성공하려면 학생들에게 흥미로워야 하고 평생에 걸쳐 지속되어야 한다. 지식을 습득하는 과정은 그 자체로 특권이자 축복이다. "배움에는 왕도가 없다"고들 말하지만, 배움에 이르는 길이야말로 모두 왕도라고 말하는 편이 더 맞을 것 같다.

　제레미 테일러는 이렇게 말했다.

　"아름다운 천국을 보는 것은 눈이 아니다. 감미로운 음악을 듣는 것은 귀가 아니다. 우리의 감성과 지성은 영혼에서 비롯된다. 영혼이 고귀하고 탁월할수록 더 훌륭하고 유익한 것을 인식한다. 인간이 스스로 성찰할 줄 모르고 눈에 보이지 않는 것을 알아채지 못한다면 제아무리 높은 지위나 엄청난 재력을 가진다 한들 무슨 소용이겠는가. 사도(使徒)의 말씀을 듣는다고 해도 어리석은 사람의 즐거움이나 노새의 미각 정도만 가질 수 있을 것이다."

여기에 바로 교육의 중요성이 있다. 나는 지금 지식 전달이 아니라 교육을 말하고 있다. 지식을 암기하는 것보다 마음을 계발하는 것이 더 중요하다. 공부는 수단이지 그 자체로 목적은 아니다.

"지혜로운 사람은
공부를 활용한다"

베이컨은 이렇게 말했다.

"공부하는 데 지나치게 많은 시간을 쓰는 것은 태만이다. 자신을 치장하는 데 공부를 너무 많이 이용하는 것은 가식이다. 뭐든지 배운 것만 가지고 판단하려고 하는 것은 이른바 '먹물'들이나 하는 일이다. 공부를 하는 목적은 사람의 본성을 완성시키는 것이고 공부는 경험을 통해 완성된다. (…) 교활한 사람은 공부를 경멸하고, 단순한 사람은 공부를 칭송하며, 지혜로운 사람은 공부를 활용한다."

더군다나 존 스튜어트 밀의 말처럼 "우리는 아직 다른 사

람들을 완전히 이해하고 그들에게 진정으로 연민을 느끼는
단계에 이르지는 못했지만", 그래도 교육은 사람들이 서로 유
대감을 높이는 데 큰 역할을 할 수 있다. 어쨌든 우리는 이러
한 마음으로 공부를 하지 않는다면 파우스트가 말한 대로 배
움 때문에 오히려 나약하고 슬픈 존재가 될 수 있다.

> 아, 나는 철학과 의학과 법학,
> 심지어 신학까지 열심히 공부했다.
> 이렇게 모두 다 공부했는데도
> 이전보다 지혜로워지기보다는
> 여전히 어리석은 상태로 남아 있다. _괴테

베이컨은 또한 공부에 관해 다음과 같이 이야기했다.
"공부는 편하게 쉬는 안락의자, 홀로 산책하는 수도원, 다
른 사람들을 깔보듯 내려보는 탑, 다른 사람들을 오지 못하
게 막는 요새, 물건을 팔고 돈을 버는 작업장이 되어서는 안
된다. 창조주의 영광을 알리고 인생의 품격을 높이는 풍성한
무기고이자 보물상자가 되어야 한다."
에픽테토스도 이렇게 말했다.
"만약 당신의 집 지붕을 높이는 일이 아니라 시민들의 영

혼을 높이는 일을 한다면 당신은 국가에 크나큰 공헌을 하는 것이다. 저급한 노예가 대궐 같은 집에 숨어 지내는 것보다 위대한 영혼이 소박한 집에 사는 편이 훨씬 낫다."

따라서 우리는 교육 체제가 위대한 목적에 부합하는지 반드시 점검해봐야 한다. 무엇보다도 교육에서는 배움 그 자체보다는 배움에 대한 열망을 키워주는 것이 더 중요하다. 아이들은 흥미를 느끼지 못하면 공부에서 아무런 효과를 얻을 수 없다. 게다가 한 가지 주제에만 너무 지나치게 몰두하는 것도 좋지 않다. 특히 어린 시절에는 더욱 그러하다. 자신의 본능에 따라 흥미를 느껴야 진정한 배움이 일어난다. 로마의 역사가 플리니우스(Plinius)도 공부의 성패는 그것이 얼마나 즐거우냐에 달려 있다고 말했다.

배우고 싶다는
열망을 키워내자

어떤 사람들은 지금의 교육 체제에는 별 문제가 없다고 말한다. 다만 학교의 수와 교사의 수, 재정 문제, 교육 기관들 간의 관계 등이 문제라고 말한다. 그렇지만 정말 그럴까? 내 생각에는 그런 것 같지 않다. 내가 볼 때 우리 교육의 가장 큰 문제는 책으로 배우는 공부만 절대적으로 옳다고 여기는 태도다. 주입식 공부와 진정한 교육의 차이를 전혀 모르고 있다. 정신을 계발하기보다는 주구장창 암기만 하고 있다. 초등학생들은 기계적인 암기와 끝없는 문제풀이로 지쳐간다. 학생들은 머릿속에 있는 생각을 명확한 언어로 전달하는 방법은 배우지 못한 채, 그저 우리의 실생활과는 관련 없는 용어나 숫자를 외우는 데 급급하다.

학생들에게는 정반대 방식으로 교육해야 한다. 무미건조한 사실들로 머릿속을 채우기보다는 영양가 있는 마음의 양식을 다양하게 채워주고, 스스로 자신이 좋아하는 공부를 찾아서 할 수 있도록 도와주어야 한다. 무언가를 배워야 한다는 의무감이 아니라 무언가를 배우고 싶다는 열망을 갖게 해야 한다. 학생이 조금 더 알거나 조금 덜 아는 것이 뭐가 그리 중요한가?

아무리 많은 것을 배운 학생이라도 배움의 즐거움이 없다면 졸업 후에는 학교에서 배운 내용을 거의 잊어버릴 것이다. 반대로 많이 배우지는 못했어도 배움에 대한 갈망이 있는 학생이라면 앞서 말한 학생보다 앞으로 더 많은 것을 배울 것이다.

아이들은 지식에 대한 호기심을 타고난다. 그래서 늘 궁금한 것이 있으면 질문한다. 우리는 아이들이 호기심을 갖고 계속 질문하도록 장려해야 한다. 하지만 대부분의 학교 교육은 아이들을 귀찮고 피곤하게 만들어 더 이상 질문하고 싶은 마음이 생기지 않게 한다. 그래서 학교가 사실상 아이들의 배움을 방해하는 곳으로 전락해 우리가 목표하는 바와는 오히려 정반대 결과를 낳고 있다. 요컨대 아이들은 관찰하고 사고하는 훈련을 받아야 한다. 그래야만 여가 시간에 순전한 즐거움을 누릴 수 있고 삶의 모든 일에서 현명한 판단을 내릴 수 있다.

진리는 늘 모습을 감추고 있다

내가 우리 교육이 가진 또 하나의 문제점으로 생각하는 것은, 현재 더 이상 배울 지식이 없다는 인상을 심어준다는 점이다.

학생들은 선생님이 모든 것을 다 안다고 생각한다. 하지만 진정한 교육은 우리가 아는 것보다 알지 못하는 것이 훨씬 많다는 사실을 깨닫게 하는 것이다. "진리의 큰 바다가 우리 앞에 모습을 감추고 있다"는 사실을 배운다면 학생들에게는 분명히 큰 자극제가 된다. 인간이 가진 지적 영역을 확대하고 지식의 왕국을 확장하려는 고귀한 열망을 품게 된다.

아리스토텔레스가 말했듯이 철학은 경이로움에서 시작된다. 신의 뜻을 인간에게 전하는 무지개의 여신 아이리스가 경이로움을 뜻하는 바다의 신 타우마스에게서 태어난 것도 우연의 일치는 아닐 것이다.

존 스튜어트 밀은 이렇게 말했다.

"내가 말한 '교양 있는 마음'이란 전문 철학자의 마음을 가리키는 것은 아니다. 지식의 샘이 늘 열려 있고 자신의 능력을 최대한 계발할 수 있는 수준의 정신을 말한다. 이런 마음은 자연, 예술 작품, 시적 상상력, 역사적 사건, 인류 문명, 과거와 현재와 미래 등 우리 주변의 모든 것에서 끊임없이 흥미의 원천을 찾는다. 하지만 주의할 점이 있다. 이 모든 것으로부터 인간을 위하는 마음 없이 그저 호기심만 충족한다면, 그것은 이 모든 것에 무관심한 것과 다를 바 없다."

아는 것은
힘이자 즐거움

학생들에게 배움을 사랑하는 마음을 가지게 하면 배움은

자연스럽게 따라온다. 따라서 시골길의 산책이 즐거움이 되고, 과학적 발견이 생생한 흥미로움이 되며, 역사가 민족의 자부심과 합당한 기쁨이 되도록 교육해야 한다. 학교가 이름 그대로 진정한 배움이 일어나는 곳이 된다면, 단순히 무미건조한 학습만 하는 곳 이상의 장소가 될 것이다. 학교는 지위가 높든 낮든, 부유하든 가난하든 누구나 똑같이 지적인 즐거움과 흥미를 누릴 수 있도록 훈련해야 한다.

올바른 교육 체제라면 여전히 우리가 얼마나 아는 것이 없는지, 앞으로 얼마나 많은 것을 배워야 하는지 알려줘야 한다. 인생을 단조롭고 지루하다고 불평하는 사람에게는 그 잘못이 본인에게 있다는 것을 깨닫게 해줘야 한다. 아는 것이 힘일 뿐 아니라 즐거움이라는 사실도 알게 해줘야 한다. 마지막으로, 밀턴의 말처럼 "배움을 통해 진리의 밝은 얼굴을 보며" 베이컨의 말처럼 "진리를 아는 것이 어떤 즐거움보다 크다"는 사실을 깨닫도록 이끌어주어야 한다.

운명을 지나치게 두려워하면
받을 수 있는 보상도 적다.
용감히 나아가지 않으면
얻는 것도 잃는 것도 없다.

2부

당신의 운명을 사랑하라

1장

야망

용감히 나아가라
그것이 인생이다

명성은 순수한 영혼을 자극해

쾌락을 멸시하고 힘든 나날을 살게 한다.

_ 밀턴

위대한 실패가
초라한 성공보다 낫다

밀턴은 명성이 고귀한 정신의 마지막 약점이라고 지적하는데, 그렇다면 야망은 최초의 약점이라고 할 수 있다. 하지만 올바른 목적만 가진다면 야망을 추구하면서도 얼마든지 선한 결과를 얻을 수 있다.

영국의 시인 테니슨(Tennyson)은 "대다수는 실패하고 한 사람만 성공한다"는 말을 했다. 하지만 이 말이 꼭 맞는 건 아니다. 성공할 만한 자격을 갖춘 사람은 원하는 만큼은 아니더라도 나름의 성공을 거둔다. 때로는 비열한 승리보다 명예로운 패배가 낫다. 낙심하지만 않으면 실패하더라도 상황이 그렇게 나빠지지는 않는다. 바라는 대로 이루지 못했다고 해서 그것이 꿈을 포기하는 이유가 되어서는 안 된다.

영국의 시인 윌리엄 모리스(William Morris)는 "위대한 실패가 초라한 성공보다 훨씬 낫다"고 했다. 베이컨은 "예리하고 주의 깊게 살피는 사람은 행운을 발견할 것이다. 행운은 앞을 보지는 못하지만 투명 인간은 아니기 때문이다"라고 말했다.

성공하고 싶다면 자신이 이루고 싶은 것이 무엇인지부터 알아야 한다. 그런 뒤에 주어진 기회를 최대한 활용해야 한다. 기회 중에서도 시간이라는 기회를 활용하는 것이 가장 중요하다. '우리는 시간을 어떻게 써야 하느냐'라는 질문에 미국의 법학자인 올리버 웬들 홈스(Oliver Wendell Holmes)는 대부분 일하는 데 써야 한다고 대답했다.

나폴레옹은 다음과 같이 말했다.

"몬테벨로전투에서 나는 켈레르만 장군에게 800명의 기병을 이끌고 적군을 공격하라고 명령했다. 장군은 오스트리아 기병이 오기 전에 6,000명의 헝가리 보병을 물리쳤다. 이때 오스트리아 기병은 불과 15분 거리에 있었다. 내가 지금까지 경험한 바로는 전장에서 운명을 결정하는 시간은 늘 15분이었다."

나는 인생이라는 전투에서도 마찬가지라고 생각한다.

목표가 최선의
성공을 만든다

우리가 최선을 다해야 하는 또 다른 이유가 있다. 고대 영

국의 영웅 서사시 『베오울프(Beowulf)』에는 다음과 같은 구절
이 나온다.

"불멸의 명예를 얻으려 하는 사람은 더 이상 목숨을 아끼
지 말아야 한다."

게다가 전투에 총력을 기울일 때는 어떤 상처와 충격도
크게 느껴지지 않는 법이다.

인생이라는 전투에 뛰어들기 전에는 위험을 어떻게 최소
화하고 대가를 어떻게 치러야 할지 주도면밀하게 따져봐야
한다. 그런 다음 결심이 서면 절대 뒤돌아보지 말고 나아가
야 한다. 최선의 노력을 다하고 어떤 위험도 두려워해서는
안 된다.

운명을 지나치게 두려워하면
받을 수 있는 보상도 적다.
용감히 나아가지 않으면
얻는 것도 잃는 것도 없다.　　　　　_ **몬트로즈**

프랑스의 사상가 에르네스트 르낭(Ernest Renan)은 "명예는
인간이 완전히 공허해지지 않게 해주는 최선의 기회다"라고
했다. 그렇다면 명예란 과연 무엇일까?

마르쿠스 아우렐리우스는 이렇게 말했다.

"거미는 파리를 잡았을 때 자부심을 느낀다. 어떤 사람은 토끼를 잡을 때, 어떤 사람은 그물로 작은 물고기를 잡을 때, 어떤 사람은 멧돼지를 잡을 때, 어떤 사람은 곰을 잡을 때, 어떤 사람은 사르마티아인*을 잡을 때 자부심을 느낀다."

이 말은 어떻게 보면 명예가 가진 공허함을 보여주지만, 다른 한편으로는 마땅한 목표가 있으면 누구나 성공할 수 있다는 사실을 일깨워주기도 한다.

마케도니아의 알렉산드로스대왕(Alexandros the Great)은 극단적이긴 하지만 야망을 품은 인간의 전형적인 사례다. 알렉산드로스가 추구하는 야망은 유산이나 통치가 아니라 '정복'이었다. 그는 아버지 필리포스 2세가 도시를 정복하거나 전쟁에서 승리했다는 소식을 들으면 기뻐하기보다는 이렇게 말했다고 한다.

"아버지가 계속 정복해나가면 우리가 정복할 곳은 별로 남지 않을 것이다."

그는 다른 영웅들을 보면서도 자신이 정복할 세상이 사라진다는 생각에 실망했다고 한다. 이러한 야망은 결국 좌절로

---

* 기원전 3세기 말부터 기원후 3세기 초까지 러시아 남부 지역을 지배한 이란계의 유목 기마 민족이다. 기원후 3세기에는 고트족과 함께 서유럽을 침공해 로마의 힘을 크게 약화시켰다. 기원후 6세기 이후로는 역사에서 흔적을 완전히 감췄다.

끝나기 마련이다.

철학자들이 야망의 공허함을 지적할 때는 알렉산드로스의 사례처럼 자만심에 사로잡혀 자신의 행복도 생각하지 않을 뿐만 아니라 다른 사람의 고통도 돌아보지 않는 경우다.

'명예로운 이름'과
'이름 없는 고귀함'

베이컨은 이렇게 말했다. "쉬지 않고 행운을 좇느라 시간을 허비한다면 더 수준 높은 일을 할 수 있는 시간을 잃게 된다." 그는 다른 책에서 또 이렇게 적었다. "개인의 행운이라고 해도 자신의 존재 가치만을 위해 사용해서는 안 된다."

명예를 이야기할 때 우리는 이름과 본질을 혼동해서는 안 된다. 유명해진다고 해서 꼭 명예로운 것은 아니다. 좋은 일로 유명해지기도 하지만 나쁜 일로도 유명해지기 때문이다. 안타깝지만 명예롭게 기억되는 이름만큼이나 불명예스럽게 기억되는 이름도 많고, 이 두 가지가 섞여 있는 경우도 많다.

브라운 경은 이렇게 말했다.

"명예롭지 못한 이름을 남기느니, 이름 없이 고귀하게 사는 편이 훨씬 낫다. 가나안의 이름 없는 여인이 헤로디아*보다 행복하게 살았다. 선한 도둑이 빌라도**보다 더 낫지 않겠는가?"

사람들은 역사 속에 등장하는 유명한 왕이나 장군을 그들의 생애 때문에 기억하기도 하고 죽음 때문에 기억하기도 한다. 마찬가지로 성공이나 업적 때문에 기억할 때도 있지만 실패나 불행 때문에 기억할 때도 있다. 테르모필레전투***의 영웅은 스파르타의 왕 레오니다스였지 페르시아의 왕 크세르크세스가 아니었다. 알렉산드로스의 제국은 그가 죽으면서 완전히 산산조각 났다. 나폴레옹은 걸출한 영웅까지는 아니지만 뛰어난 천재였다. 그런데 그가 이룬 승리는 어떻게 되었는가? 나폴레옹이 쏜 총의 연기처럼 사라져버렸다. 프랑스는 이전보다 더 쇠락하고 가난해지고 작아져버렸다. 나폴레옹이라는 천재에게 마지막까지 남아 있던 것은 전쟁의 승리가 아니라 '나폴레옹법전'이었다.

---

* 『신약성경』에 등장하는 헤롯 안디바의 아내다. 전 남편의 딸 살로메를 부추겨 세례 요한을 죽게 한 장본인이다.
** 『신약성경』에 등장하는 유대 총독이다. 예수에게 반역죄를 씌워 십자가 처형을 언도했다. 선한 도둑은 예수와 함께 십자가 처형을 받은 자로 죽기 전에 회심했다.
*** 기원전 480년에 테르모필레 지역에서 페르시아군과 그리스 연합군이 벌인 전투. 이 전쟁에서 레오니다스 왕을 비롯한 그리스 연합군이 크세르크세스 왕이 이끄는 페르시아군에게 전멸당했다.

이 세계의 진정한 정복자는
'사상가'

영광스러운 명예는 정의나 자기희생을 몸소 실천한 사람에게 주어진다. 자신을 희생한 레오니다스나 신앙심이 투철한 로마의 장군 레굴루스 같은 사람이 역사에 영광스러운 인물로 기록된다.

특정 인물의 이름이 지명에 남기도 하는데 장소와 상관없이 그 이름이 오래 남기도 한다. 팔레스트리나(이탈리아의 작곡가), 페루지노(이탈리아의 화가), 넬슨, 웰링턴, 뉴턴, 다윈이라는 이름을 들을 때 사람들 머릿속에는 도시 이름보다 인물이 먼저 떠오른다.

사람들은 괴테를 시대의 영혼이라고 불렀고, 셰익스피어나 플라톤은 전기물이 충분히 남아 있지 않아도 우리는 그들에 관해 꽤 많은 것을 알고 있다.

정치가나 장군은 살아 있는 동안 자신의 명성을 널리 알리고 싶어 한다. 신문에도 그들의 모든 말과 행동이 다 기록된다. 하지만 철학자나 시인의 명성이 더 오래간다.

윌리엄 워즈워스(William Wordsworth)는 바로 이런 이유로 시인을 위해 기념비를 세우는 일을 반대했다. 하지만 그는 정치인은 경우가 다르다고 말했다. 정치인은 기념비를 세우지 않으면 이름이 잊히지만, 시인의 이름은 책 속에 영원히 살아 있기 때문이다.

이 세계를 진정으로 정복한 사람은 장군이 아니라 사상가다. 진정한 정복자는 칭기즈칸, 아크바르(무굴제국의 황제), 람세스, 알렉산드로스가 아니라 공자, 부처, 아리스토텔레스, 플라톤, 예수라고 할 수 있다. 우리 조상들을 통치한 왕들의 이름은 대부분 오래전에 기억에서 사라졌거나(이들에게 영원한 생명을 불어넣는 시인이 없어서), 아니면 슈도다나(석가모니의 아버지)나 빌라도처럼 위대한 성인과 조금이라도 관련 있어야 기억에 남는다.

위인은 모든 시대에
살아 있다

진정한 위인의 삶은 한 권의 전기로 요약하기 힘들다. 위인은 자신의 시대만이 아니라 모든 시대에 영원히 살아 있기 때문이다. 엘리자베스 시대를 이야기할 때 우리는 셰익스피어, 베이컨, 롤리 경, 스펜서 등을 떠올린다. 하지만 장관이나 정부 고관의 이름은 한두 명 기억할까 말까다. 우리는 베이컨 역시 판사가 아니라 철학자로 기억하고 있다.

그렇다면 장군이나 정치가가 명성을 얻게 된다면 그 이유는 무엇일까? 그들은 자신이 이룬 업적 때문에 칭송을 받지만, 시인과 역사가의 기록 덕분에 그들의 영광스러운 명성과 미덕이 기억되는 것이다.

> 아가멤논 이전에도 용감한 영웅이 많았지만
> 누구의 애도도 받지 못하고 이름도 남기지 못한 채
> 역사의 뒤안길로 사라지고 말았다.
> 그들의 명성을 노래해줄 시인이 없었기 때문이다.

아가멤논이 등장하기 이전에도 용감한 영웅이 많았지만, 아무도 그들의 명성을 노래해주지 않아 사람들의 기억 속에서 사라졌다. 몬트로즈는 정치가와 시인의 영광을 조화롭게 결합해 「나의 소중하고 유일한 사랑」에서 이렇게 노래했다.

> 나의 펜으로 당신을 영광스럽게 기록하고,
> 나의 검으로 당신의 명성을 드높이리라.

인류 역사를 만든
영광의 이름들

미천한 신분 출신을 극복하고 성공하거나 극복하기 어려워 보이는 장애를 딛고 일어선 사람들이 얼마나 많은지 알게 되면 놀랍기도 하고 용기를 얻기도 한다.

과학자들을 예로 들어보자. 레이는 대장장이의 아들이었고, 와트는 조선공의 아들이었으며, 프랭클린은 양초 제조가의 아들이었다. 돌턴은 방직공의 아들이었고, 프라운호퍼는 유리 제조공의 아들이었으며, 라플라스는 농부의 아들이었다. 린네는 가난한 목사의 아들이었고, 패러데이는 대장장이의 아들이었고, 라마르크는 은행원의 아들이었으며, 데이비는 약제사 조수의 아들이었다. 갈릴레오, 케플러, 슈프렝겔, 퀴비에, 허셜 경 모두 가난한 부모의 자식이었다.

한편, 안타깝지만 우리는 인류에게 커다란 선물을 안긴 수많은 사람의 이름을 여전히 모르고 있다. 불 피우는 법을 최초로 알아낸 사람은 누구인가? 인간에게 불을 전해준 프로메테우스는 단지 신화에 나오는 상징적인 인물일 뿐이다. 문자를 최초로 발명한 사람은 누구인가? 알파벳을 그리스에 전해준 카드모스도 신화에 나오는 이름일 뿐이다.

이러한 발명품은 오랜 과거 속에 잊혔지만, 최근의 진보는 서서히 일어나고 과정이 복합적이기 때문에 어느 특정 개인이나 소수에게만 모든 공이 돌아가지는 않는다. 수많은 위인이 인류의 역사를 만들었고 인류의 사상을 구축했다. 그들이 동시대인들에게 별로 주목받지는 못했다 하더라도 마침내는 거부할 수 없는 힘이 되었고, 이제는 사람들 기억 속에 영광스러운 이름으로 남아 있다.

2장

부(富)

부족한 것은 땅이 아니라
주어진 땅을 즐길 능력

가난한 자와 부한 자가 함께 살거니와

그 모두를 지으신 이는 여호와시니라.

_ 솔로몬의 「잠언」

소유는 더 큰 소유를
갈망한다

야망은 보통 돈에 대한 사랑의 형태를 띤다. 미술이나 음악, 시나 과학에는 전혀 관심 없는 사람들도 많지만, 대다수 사람들은 생계를 위해 무언가를 한다. 그렇게 해서 수입이 늘어나면 만족감을 가질 뿐만 아니라 성공의 기쁨을 느끼기도 한다.

부(富)가 우리에게 정말 행복을 가져다주는지는 잘 모르겠다. 이른바 은수저를 입에 물고 태어난 사람이 꼭 행복하다고 생각하지는 않는다. 재산을 가지고 있으면 가난할 때보다 더 많은 일을 해야 하고 더 많이 신경 써야 한다. 하지만 세월이 흐를수록 사람들은 수입이 인생을 편안하게 만들어준다고 생각하는 것 같다.

재산을 소유하면 어김없이 문제가 따른다. 돈과 돈에 대한 사랑은 함께 움직인다. 에머슨의 비유처럼 "가난한 사람은 부유해지길 바라는 사람"이다. 사람은 많이 소유할수록 더 많이 소유하고 싶어 한다. 술을 마시면 술을 더 마시고 싶어하듯이 재물을 쌓으면 더 많은 재물을 쌓고 싶어진다.

물론 이것은 특별히 돈 그 자체를 추구하는 경우의 이야기다. 더군다나 돈을 버는 것보다 돈을 관리하거나 쓰는 것이 어려울 때가 더 많다. 돈을 관리한다는 건 참으로 귀찮고 신경 쓰이는 일이다. 혹시라도 돈을 잃을지 모를 두려움이 먹구름처럼 드리운다. 기원후 1세기 로마의 유명한 미식가 가비우스 아피시우스(Gavius Apicius)는 물려받은 재산을 허비하다가 그만 스스로 목숨을 끊고 말았다. 세네카는 여전히 25만 크라운의 거액이 남아 있었지만 자살한 이유가 굶어 죽을지 모른다는 두려움이었다고 한다.

사용할 줄 모르는
부는 '독'

확실히 부는 쉽게 얻을 수 있는 것이 아니다. 게다가 돈의 가치는 돈을 쓰고 돈을 버는 사람의 태도에 달려 있다.

에픽테토스는 말한다.

"나는 필요한 만큼만 돈을 버는 것이 옳다고 생각한다. 내가 돈을 벌고도 여전히 겸손하고 진실하고 관대할 수 있다면 돈을 계속 벌 것이다. 하지만 당신이 나에게 선하지 않은 것을 얻으려고 하면서 나에게는 선하고 진실하게 살라고 말한다면 이러한 자가당착이 어디 있는가? 당신은 돈을 갖겠는가, 아니면 진실하고 겸손한 친구를 갖겠는가? (…) 이러한 것을 제대로 이해하는 사람은 가벼운 마음으로 살아가고, 자신을 절제할 줄 알고, 모든 상황을 담담하게 받아들이고, 어떤 어려움도 이겨낼 수 있을 것이다."

아테네의 입법가 솔론(Solon)이 리디아의 왕 크로이소스에게 했던 말은 마음속에 되새길 만하다.

"만약 폐하보다 더 좋은 무기를 가진 사람이 오면 그가 이 황금의 주인이 될 것입니다."*

미다스의 이야기도 시사하는 바가 크다. 미다스는 손을 대기만 하면 무엇이든 금으로 변하게 해달라고 빌었고, 마침내 그의 소원이 이루어졌다. 만지는 것은 무엇이든 금으로 변했다. 포도가 금으로 변했고, 빵이 금으로 변했으며, 옷도 침상도 금으로 변했다. 그에게 새로운 재앙이 닥친 것이다. 이제 미다스는 그토록 원하던 재물을 혐오하면서 재물에서 벗어나길 빌었다. 지나치게 재물이 많아 고통받는 사람은 단지

---

* 『플루타르코스 영웅전』에 솔론과 크로이소스의 이야기가 나온다. 크로이소스는 큰 부자인 자신이 행복한 사람이라고 생각했다. 하지만 솔론은 그에게 부가 행복의 척도는 아니라고 말했다. 크로이소스는 솔론의 말에 끝까지 동의하지 않았지만, 결국 최후에 불에 타 죽을 운명에 처하자 과연 솔론의 말이 진리였음을 깨닫게 되었다.

미다스만이 아닐 것이다.

부가 반드시 좋은 것만은 아니라는 사실이 내가 말하려는 진실이다. 부가 인생에 이득이 되느냐 아니냐는 어떻게 그것을 사용하느냐에 달려 있다. 비단 돈만이 아니라 지식이나 권력, 아름다움이나 능력과 같은 기회와 특권도 마찬가지다. 이러한 기회를 소중히 여기지 않거나 제대로 사용하지 못하면 차라리 처음부터 갖고 있지 않는 것이 더 낫다. 제대로 사용할 줄 모르는 사람에게 돈은 오히려 독이 될 뿐이다.

돈은 마음을
가난하게 만든다

물론 돈은 우리에게 많은 기회를 준다. 여가 활동, 동료를 도울 수 있는 기회, 예술 작품, 여행의 기쁨 등 이 모든 것을 실제로 돈으로 살 수 있다. 하지만 우리는 돈이 가진 힘에 집착하기도 쉽다. 돈을 소유하는 것, 또는 돈을 소유하기 위해 노력하는 것은 나름의 가치가 있다. 그러나 엄청난 희생을 치를 만큼 가치가 있는 것은 아니다. 돈이 여가 활동을 누릴 수 있게 해주기 때문에 가치가 있다면, 굳이 여가 시간을 희생하면서까지 돈을 벌어야 할까. 돈은 사람의 마음을 가난하게 만든다. 대가 없는 선물은 없는 법이다.

그리스의 시인 에우리피데스(Euripides)는 돈이 친구를 모으고 강한 권력을 부여한다고 말하면서 이렇게 덧붙였다.

"실세는 돈이 많은 사람이다. 그의 상속자가 알려지지 않았다면 더욱 그렇다."

셸리는 전혀 탐욕이 없는 사람이었지만 그럼에도 다음과 같이 말했다.

"나는 돈을 갖고 싶다. 나는 돈을 쓸 줄 알기 때문이다. 돈은 힘든 노동을 덜고 여가를 보장한다. 여가 시간을 진리 추구에 활용하는 사람에게는 돈이 귀한 선물이나 마찬가지다."

영국의 정치가 피프스의 조금은 특이하면서도 경건한 말이 많은 사람의 공감을 샀다.

"아내와 해외에 나가 처음으로 마차를 타게 되었다. 나는 너무 좋아서 하나님의 이름을 찬양했고, 이런 은혜를 앞으로도 계속 누리게 해달라고 기도했다."

사실 이런 모습은 다소 이기적인 만족감이라 할 수 있다. 그렇다고 돈을 버는 상인이 자신의 직업을 그만두거나 부끄러워할 필요는 없다. 베네치아의 산 자코모 성당에는 러스킨의 글귀가 새겨져 있다고 한다.

"이 성당 주변에서는 상인의 법을 공정하게 하고, 상인의 노고를 정당하게 하며, 상인의 계약을 신의 있게 해야 한다."

우리는 모두
자연의 주인이다

돈을 위해 돈을 모으는 삶을 산다면, 돈을 버는 행위 자체 때문에 돈을 제대로 누릴 수 없다. 오히려 마음의 결핍이 뼛속 깊이 시리게 한다. 이런 사람을 가리켜 '구두쇠(miser)'라고 부르는데, 이런 사람들은 근본적으로 '불행한(miserable)' 사람들이다.

에머슨은 이렇게 말했다.

"미술 수집가는 유럽의 화랑을 돌아다니며 푸생의 풍경화나 살바토르의 스케치를 찾는다. 하지만 라파엘로의 〈그리스도의 변용〉, 미켈란젤로의 〈최후의 심판〉, 보티첼리의 〈성 히에로니무스의 노자성체〉와 같은 걸작은 바티칸 성당이나 우피치 미술관, 루브르 박물관의 벽에 걸려 있어 누구나 가서 감상할 수 있다. 자연의 아름다운 일몰과 일출도 매일같이 모든 사람이 감상할 수 있고, 인간의 몸이라는 조각상도 마찬가지다. 고서 수집가는 런던의 경매에서 셰익스피어의 자필 원고를 거액의 돈을 주고 사지만, 학생들은 언제든 공짜로 『햄릿』을 읽을 수 있다. 심지어 그 속에서 아직 밝혀지지 않은 비밀도 찾을 수 있다."

솔로몬이 말했듯이 눈으로 무언가를 본 사람이 바로 그것의 주인이 된다.

따라서 우리는 생각보다 훨씬 부유한 부자다. 사람들은 땅을 소유하고 싶어 한다. 땅 주인을 보면서 나도 저 사람처럼 땅을 가질 수 있다면 좋겠다며 부러워한다. 하지만 에머슨은 "당신이 땅을 소유한 만큼 그 땅이 당신을 소유한다"라는 명언을 남겼다. 그리고 사실 우리는 이미 몇 만 평의 땅을 가지고 있다. 푸르른 공원을 비롯해 도로와 인도, 아름다운 해변이 모두 우리의 것이 아닌가. 특히나 해변은 두 가지 장점을 지니고 있다. 하나는 해변에서는 다른 사람들의 방해를 거의 받지 않는다는 것이다. 또 하나는 해변에서 자연의 힘을 있는 그대로 느낄 수 있다는 것이다.

우리는 모두 어마어마한 땅을 소유한 부자들이다. 물론, 그 사실을 깨닫고 있을 때만 그렇다. 우리는 땅이 부족한 것이 아니라 주어진 땅을 즐길 능력이 부족한 것이다. 대자연이라는 위대한 유산은 관리하는 데 힘을 들이지 않아도 된

다. 땅 주인은 자기 땅을 관리하느라 신경 써야 하지만, 대지
의 경치는 그것을 볼 수 있는 눈만 가지고 있으면 누구나 주
인이 될 수 있다.

3장

건강

모든 하루가
늘 인생의 봄이 되어야

사람에게 중요한 것 첫 번째는 건강이다.

두 번째는 아름다움이고,

세 번째는 부(富)이며,

네 번째는 친구와의 우정이다.

_ 시모니데스

건강한 삶은
그 자체로 기쁨

부유함이 주는 이득에 대한 생각은 저마다 다르지만 건강에 관해서는 모든 사람의 생각이 같을 것이다.

미국의 시인 롱펠로(Longfellow)는 "건강하지 못한 인생은 힘겨운 짐이지만, 건강한 삶은 그 자체로 기쁨이고 즐거움이다"라고 말했다. 고대 그리스의 철학자 엠페도클레스(Empedocles)는 강물을 깨끗하게 정화하는 방법을 활용해 셀리누스의 사람들을 전염병에서 구해냈다. 덕분에 신처럼 추앙받았는데, 사람들은 그를 기념해 철학자가 포이보스(태양의 신 아폴론을 의미함)의 손을 받치고 있는 모습을 화폐에 새겨 넣었다고 한다.

오늘날의 사람들은 의사에게 얼마나 큰 빚을 지고 있는지 잘 모르는 듯하다. 현재 갖춰진 의료 체계가 공기처럼 익숙해 좀처럼 특별하다고 생각하지 않는다. 우리가 몸이 아파 의사를 찾아가면 약을 처방해준다. 하지만 문명이 발전하지 못한 곳에서는 아직도 악마 때문에 질병에 걸린다고 믿는다. 그래서 의사가 아닌 무당이나 마법사가 병을 쫓아내기도 한다.

게다가 문화마다 환자가 지불하는 비용도 다르다. 중국에서는 환자가 병이 말끔히 나아야지만 의사에게 비용을 지불하고 병이 다시 재발하면 비용을 중간에 지불하지 않았다고 한다. 고대 이집트에서는 환자가 처음 며칠 동안만 의사에게 비용을 지불하고, 환자가 완치됐을 때 비로소 나머지 비용을 모두 지불했다고 한다. 어떻게 보면 환자에게 유리한 환경 같아 보이지만, 의사가 돈을 받기 위해 극단적인 치료책을 쓰고 싶다는 유혹을 받을 수도 있다.

마흔에 의사도
환자도 되다

사람들은 건강이 축복이라고 생각하면서도 건강을 유지하기 위한 수고나 불편을 감당하려고는 하지 않는다. 몸을 되는대로 쓰다가 결국 병에 걸리거나 노년에 고생깨나 하게 된다.

물론 태어날 때부터 건강 체질이 아닌 사람들도 있다. 이런 사람들은 "나는 고통받는다. 고로 나는 존재한다"고 말할

지도 모르겠다. 하지만 다행히도 이건 극히 드문 경우다. 대다수 사람은 마음만 먹으면 얼마든지 건강하게 살 수 있다. 몸이 건강하지 못하면 자기 잘못인 경우가 대부분이다. 사람들은 하지 말아야 할 일을 하고 해야 할 일은 하지 않는다. 그렇게 살면서 본인이 왜 건강하지 않은지 이해하지 못한다.

많은 사람이 스스로 건강을 해칠 줄은 알지만 건강을 지키기 위해서 무엇을 해야 하는지는 잘 모른다. 우리가 겪는 고통의 대부분은 스스로 자초한 것이다. 고대 이집트인들은 죽어서 화려하게 장례를 치르는 것을 인생 최고의 목표였다고 하는데, 지금도 마치 그것이 인생의 목표인 것처럼 살아가는 사람들이 많다.

나아만*처럼 우리는 건강이 기적처럼 좋아지길 바라면서도 건강을 지킬 수 있는 간단한 예방 조치도 취하지 않는다.

나는 사람들이 건강 문제에 대해 늘 신경 쓰고 있는지 의심스럽다. 물론 가벼운 병에 호들갑을 떨고, 질병에 관한 상식을 두루 꿰고, 이러저러한 약을 전부 복용하라는 말이 아니다. 오히려 그 반대다. 몸에 대한 걱정을 덜 할수록, 크지 않은 불편함은 덜 신경 쓸수록 건강을 더 잘 지킬 수 있기 때문이다.

---

* 『성경』에 나오는 아람(오늘날의 시리아)의 장군으로 나병(한센병)에 걸렸는데, 예언자 엘리사가 나아만의 병을 치유하는 기적을 일으켰다.

하지만 건강에 관한 기본적인 문제는 관리해야 한다. '사람은 마흔이 되면 바보가 되거나 또는 의사가 된다'는 속담도 있다. 그런데 불행히도 많은 사람이 마흔에 의사가 되면서 동시에 환자가 된다.

작은 습관이
건강을 지킨다

혹시라도 건강이 나빠졌어도 우울해할 필요는 없다. 만약 한 가지 병에 걸리더라도 적어도 다른 병에는 걸리지 않았다는 사실에 감사하자. 영국의 성직자인 시드니 스미스(Sydney Smith)는 병마와 싸우느라 고생하면서도 늘 긍정적인 생각을 잃지 않았다. 언젠가 친구에게 편지를 보냈는데, "통풍과 천식을 비롯해 아홉 가지 병을 앓고 있지만 다른 곳은 건강하다"고 썼다.

힘든 병치레를 하면서도 항상 밝고 씩씩하게 이겨내는 사람들도 많다. 유명한 관상가인 캄파넬라(Campanella)는 몸의 통증에 관심을 두지 않은 덕분에 질병의 고통에서 견딜 수 있었다. 주의를 집중하고 의지를 조절할 수 있는 사람이라면 누구나 인생의 사소한 고통에서 스스로 벗어날 수 있다. 근심거리가 떠나지 않고 몸은 고통스러울지라도 마음만은 평온함을 유지할 것이고, 마침내 근심과 고통을 이겨낼 것이다.

하지만 많은 사람이 무지나 부주의로 겪지 않아도 될 고통을 겪으면서 소중한 생명을 잃고 말았다. 평상시 조금만 더 주의를 기울였다면 많은 위인이 수명을 더 연장할 수 있었을 거라는 안타까운 마음이 든다.

천재적인 음악가들을 예로 들어보자. 페르골레지는 26세에, 슈베르트는 31세에, 모차르트는 35세에, 퍼셀은 37세에, 멘델스존은 38세에 생을 마감했다. 이들의 죽음은 세상 사람들에게 안타까운 손해가 아닌가.

그리스신화에 나오는 멜레아그로스*는 그의 생명이 나무 장작 하나와 연결되었다. 어머니 알타이아가 장작을 안전하게 보관하는 동안에는 멜레아그로스도 무탈하게 지낼 수 있었다. 하지만 우리는 인생의 행복을 좌우하는 건강에 장작 하나만큼의 관심도 기울이지 않는다.

건강을 지키기 위한 필수 조건은 매우 분명하다. 규칙적으로 생활하고, 매일 운동하고, 청결을 유지하고, 식생활을 조절하면 누구나 건강을 유지할 수 있다.

---

* 그리스신화에 등장하는 영웅으로, 칼리돈의 왕 오이네우스와 알타이아 사이에서 태어났다. 멜레아그로스가 태어났을 때 난로에 타고 있는 장작을 보고 운명의 여신들이 이 아이의 운명은 저 장작과 같다고 예언했다. 어머니 알타이아는 그 장작을 꺼내 은밀한 곳에 감추었다.

몸이 수고하면
그만큼 즐거움이 따른다

음주가 얼마나 해로운지는 두말하면 잔소리일 것이다. 하지만 과식이 얼마나 인생에 큰 고통을 유발하는지 사람들은 잘 모르는 것 같다. 우리 몸에 부담을 주는 소화불량은 열에 아홉은 사람들의 잘못이다. 과식을 하면서도 운동은 거의 하지 않기 때문에 생기는 것이다. '장수하려면 소식하라'는 옛말도 있지 않은가. 검소한 생활과 올바른 생각이 사람들의 건강을 지켜준다. 건강한 사람은 과식만 하지 않으면 무엇을 먹느냐는 그다지 중요하지 않다.

영국의 정치가 글래드스턴은 '한 번 먹을 때마다 스물다섯 번씩 씹으라'는 조언을 일찍이 실천한 덕분에 건강하다고 말했다.

연회에 가면 즐겁게 먹어라.
그러면 여전히 식욕이 좋을 것이다.   _ 헤릭

그러나 실제로 너무 많이 먹지 않고 너무 많이 마시지 않는 것은 말은 쉽지만 실천에 옮기기는 어렵다. 팥죽 한 그릇

때문에 장자권을 팔아버린 '에서'* 같은 사람이 우리 주변에 많이 있다.

역설적으로 들릴지 모르지만, 음식을 조절할 줄 아는 사람이 폭식하는 사람이나 술을 진탕 마시는 사람보다 더 큰 즐거움을 얻는다. 폭식가나 술꾼은 영국의 작가 해머튼(Hamerton)의 표현대로 "평소에 먹는 마른 빵의 훌륭한 맛"을 즐기지 못한다.

왕성한 소화력은 우리의 몸 상태를 보여주는 좋은 표시다. 어떤 경우에는 우리의 정신 상태까지 보여준다.

'몸이 수고하면 그만큼 즐거움이 따라온다'는 말은 소화에 관한 한 확실한 사실이다. 산이나 바닷가를 산책한 뒤에 먹는 식사는 아무리 소박해도 맛이 좋다. 더군다나 즐겁고 기분 좋은 식사는 건강에도 큰 도움이 된다.

'시장이 반찬이다'라는 말이 있지만, 식사를 하면서 나누는 즐거운 대화도 우리의 식욕을 돋운다. 이런 대화를 하지 않으려는 사람들을 어떤 사람은 이렇게 지적했다.

아무리 유쾌한 사람이라도
흥겨운 자리를 만들지 못하면

---

* 『성경』에 나오는 에서와 야곱의 이야기에서 형 에서는 팥죽 한 그릇을 얻어먹는 대가로 장자(長子)의 권한을 동생 야곱에게 팔아넘겼다.

그와 단 한 시간도 대화할 수 없다.

램버스(Lambeth)가 남긴 격언 중에는 이런 말도 있다.

유쾌한 사람은 어떤 사람인가?
그는 포도주와 재미있는 농담으로
손님을 대접하려고 최선을 다한다.
그런데 아내가 눈살을 찌푸리면
유쾌한 분위기는 금세 가라앉는다.

우리가 잃어버린 날은
웃지 않은 날

음식에는 소금이 필요하듯이, 대화와 문학에는 재치와 유머가 필요하다. 어느 재미있는 작가는 『콘힐(Cornhill)』이라는 작품에서 이렇게 말했다.

"당신은 토마스 아 켐피스(독일의 성직자)나 히브리의 예언자들에게서는 유머를 기대하지 못한다."

영국의 비평가이자 수필가인 윌리엄 해즐릿(William Hazlitt)은 이렇게 비유한다.

"좋은 희극을 읽고 재미있는 이야기를 듣고 흥미로운 일을 경험하는 것은 마치 최고의 친구를 옆에 두는 것과 같다."

유머는 전혀 즐기지 못하면서 늘 비난 일색인 사람에게는 누구든 기분이 좋을 수 없다.

웃음은 인간만이 지닌 특권이라 생각한다. 고등동물은 높은 수준까지는 아니더라도 나름대로 판단력을 가지고 있다. 하지만 농담까지 이해할 수 있는 것 같지는 않다.

유머와 재치로 풀리지 않던 문제가 해결되거나 논쟁이 정리되는 경우도 많다. 프랜시스 베이컨은 이렇게 말했다.

진지한 이성은 실패해도
비웃음이 복잡한 문제를 해결할 때가 많다.

프랑스의 극작가 샹포르(Chamfort)는 인생에서 우리가 잃어버린 날은 웃지 않은 날이라고 말했다. 웃음은 그 사람의 마음에 달려 있다는 사실은 웃음이 지닌 큰 장점이기도 하다. 해즐릿은 이렇게 말했다.

"상대방을 억지로 웃게 만들 수는 없다. 왜 웃어야 하는지 이유도 제시할 수 없다. 웃거나 웃지 않는 건 스스로가 정할 일이다. (…) 절대 웃지 말아야 한다고 생각하면 더욱더 웃고 싶어진다."

유머는 전염성이 아주 강하다. 셰익스피어 희극에 나오는 뚱뚱보 기사 폴스타프도 "재치 있는 사람은 주변 사람들까지도 재치 있게 만든다"고 했다.

많은 사람이 알고 있는 농담을 살짝 바꿔 더 재미있게 이야기할 수도 있다. 사람들을 웃게 만드는 일이라면 어떤 방법이든 다 좋다. 영국의 시인 존 드라이든(John Dryden)도 "아무튼 웃는 건 좋은 일이다. 지푸라기가 사람을 간지럽혀 웃게 만든다면 심지어 지푸라기도 행복을 위한 도구가 된다"고 했다. 여기서 행복이라는 단어에 '건강'이라는 말을 덧붙여도 좋겠다.

사람은 자연에서
건강해진다

인생에서 담배를 빼면 삶의 낙을 하나 잃는 것과 같다고 말하는 사람들이 있다. 내가 담배를 피우지 않아 그것이 정말인지는 모르겠다. 물론 사람마다 확실히 기호와 취향은 다르다. 예민한 성격을 가진 사람들에게 담배는 큰 위안을 줄수도 있다. 하지만 일반적인 경우에 흡연이 진짜 기쁨을 주는지에 대해서는 의문이 든다. 왜냐하면 담배는 우리의 미각과 후각을 둔하게 만들기 때문이다.

도시에 사는 사람들은 대부분 집 밖에서 시간을 허비하는 것을 좋아하지 않는다. 하지만 신선한 공기를 마시면 기분이 전환되고 기운도 되살아난다. 토끼와 메추라기와 여우보다 호메로스와 플라톤과 셰익스피어를 더 좋아한다면 이 위대한 자연의 힘을 가볍게 여겨서는 안 된다.

워즈워스는 날마다 밖으로 나가 산책하는 것을 규칙으로 삼았다. 날씨와 상관없이 이 규칙을 지킨 덕분에 병원에 갈 일이 전혀 없었다고 말했다.

집 안에서 유리창을 통해 밖을 보면 비도 더 많이 오는 것처럼 보인다. 황량한 겨울이라도 난롯가에 앉아 보는 바깥 광경보다는 직접 밖으로 나가서 보는 풍경이 훨씬 좋다. 눈보라가 몰아치더라도 일단 밖으로 나가서 땅을 밟고 신선한 공기를 마셔야 새로운 힘과 생기를 얻을 수 있다. 사람도 나무처럼 깨끗한 공기를 마셔야 살 수 있다.

언덕을 내달리고, 강에서 노를 젓고, 바다를 항해하고, 해변과 숲을 걷다 보면, "머리 위로 펼쳐진 푸른 하늘과 공중에 가득한 음악 소리와 땅에 활짝 핀 꽃들"을 즐길 수 있다.

사람들은 숙면을 취하지 못할 때가 있다. 중요한 결정을 앞두고 걱정 때문에 밤을 지새우기도 한다. 이럴 때는 야외 활동을 많이 하는 것이 도움이 된다. 그러면 이른 아침의 "향기를 품은 상쾌한 매력"을 만끽할 수 있다.

아침이 오면 검은 멧닭이 까만 날개를 다듬는다.
아침은 홍방울새에게 노래하라고 부추긴다.
하루가 다시 시작되면 자연의 아이들은
인생의 봄이 함께 살아나는 것을 느낀다.

살아 움직이는
인체의 신비

에픽테토스는 스스로를 "시신을 지고 있는 영혼"이라고 표현했다. 나는 이것이 은혜를 모르는 표현이라고 생각한다. 약하고 초라하더라도 몸을 귀하게 여겨야 한다. 두 눈이 있어 이 땅의 아름다움과 하늘의 영광을 볼 수 있다. 두 귀가 있어 친구의 목소리와 멋진 음악을 들을 수 있다. 두 손은 가장 충실하고 소중한 도구로서 언제나 우리의 명령을 따른다. 두 발은 인생이라는 험난한 길을 가면서도 불평 한 번 하지 않는다. 그러므로 건강을 지키고 싶다면 충분히 관심을 가져야 한다.

우리 몸의 구조와 기능은 놀라울 정도로 복잡하고 신비하다.

수많은 줄이 연결된 하프가
그토록 오랫동안 조화로운 소리를 내니 신비롭기만 하다.

인체 기관이 얼마나 정교한지 생각하면 우리가 살아서 움직이는 것 자체가 기적이다. 이 수많은 기관이 오랜 세월이 흘러도 아무 문제 없이 규칙적으로 작용하므로 우리는 가끔씩 몸을 가지고 있다는 사실을 잊기도 한다. 따지고 보면 신비한 몸을 잊고 산다는 것 자체가 신기한 일 아닌가.

우리 몸에는 복잡하고 다양한 뼈가 200개 이상 들어 있다. 그런데 뼈가 휘어지거나 다치면 몸을 움직이는 데 큰 장애를 겪는다.

또 우리 몸에는 근육이 500개 넘게 있다. 각각의 근육은 혈관으로부터 영양분을 공급받고 신경으로 조절된다. 심장이라는 근육은 1년에 3,000만 번 이상 뛴다고 하는데, 이것이 멈추면 생명도 그 자리에서 끝난다.

관심의 크기만큼
건강해지는 '몸'

피부도 매우 다양하고 복잡한 기관으로 이루어져 있다. 예컨대 피부에는 200만 개 이상의 땀샘이 있는데, 이것은 체온을 조절하고 관을 통해 노폐물을 피부 바깥으로 내보낸다. 이 관의 총 길이는 무려 16킬로미터나 된다고 한다.

온몸에는 동맥과 정맥, 모세혈관이 사방으로 퍼져 있다. 혈액 속에는 그 자체로 하나하나가 소우주와 마찬가지인 혈구가 들어 있다.

감각기관 중 하나인 눈은 바깥부터 각막, 수정체, 유리액, 수양액, 맥락막을 지나 망막에 이른다. 망막은 종이 한 장 정도 되는 두께지만 아홉 겹으로 되어 있다. 망막 안에는 빛의 파장을 받아들이는 간상체와 추상체가 있다. 하나의 눈에는 추상체가 300만 개 이상, 간상체가 3,000만 개 이상 존재한다.

우리 몸에서 가장 신비한 기관은 뇌가 아닐까. 뇌회의 회색 물질에만 세포가 6억 개 이상 있다고 한다. 각각의 세포는 몇 천 개의 원자로 구성되고, 또 각 원자는 몇 백만 개의 분자로 이루어져 있다.

이 복잡하고 놀라운 인체 기관을 늘 건강하게 유지하려면 계속해서 관심을 가져야 한다. 그래야 우리 몸이 고통이나 불편함 없이 오랫동안 제 기능을 다할 수 있다. 그러면 나이가 들더라도 희망을 가지며 살 수 있다.

시간은 당신의 심장을 치지 않고
가만히 손을 얹어놓을 것이다.
하프 연주자가 손바닥을 펴서
하프 줄에 대고 떨림을 멈추듯.

4장

사랑

진정한 사랑을 나눌 때
누구나 고귀해진다

사랑은 뜰과 막사와 숲을 모두 다스린다.

사람들은 땅에, 성인(聖人)들은 하늘에 있다.

사랑은 천국이고 천국은 사랑이므로.

— 스콧

사랑은 인생의
빛이자 햇볕

사랑은 인생의 빛이자 햇볕이다. 사랑하는 사람과 함께 나누지 않으면 무엇을 해도 즐겁지 않다. 그래서인지 혼자인 사람들은 나중에 사랑하는 사람과 함께 나누기 위해 즐거움을 아껴두기도 한다.

사랑은 인생의 마지막까지 계속된다. 나이나 환경과는 상관없다. 어린아이는 부모님을 사랑하고, 어른이 되어서는 배우자를 사랑하고, 부모가 되어서는 자식을 사랑하고, 내 옆에 있는 형제와 친지와 친구도 사랑한다. 우정의 힘은『성경』에 나오는 다윗과 요나단*처럼 남녀의 사랑을 뛰어넘기도 한다. 하지만 앞에서 친구의 소중함에 대해 다루었으므로 여기서는 우정 이야기는 따로 하지 않겠다.

---

* 『성경』에 나오는 다윗과 요나단은 둘도 없는 친구였다. 사울 왕이 다윗을 시기해 죽이려 하자 사울 왕의 아들이었던 요나단은 다윗을 피신시켜 목숨을 구해주기도 했다.

사랑의 대상은
연약한 존재들부터

신의 은총은 부모의 자식 사랑으로 비유된다.

어머니는 다정하고 자애로운 얼굴로 앉아
아이들을 사랑스러운 눈으로 바라본다.
아이들에게 입을 맞추거나 안아주고
무릎에 누이거나 발치에 둔다.
어머니는 아이들의 행동과 표정을 보고
무엇이 불만이고 무엇을 원하는지 알아챈다.
눈길을 주기도 하고 말을 걸기도 한다.
엄격할 때나 미소를 지을 때나
어머니는 늘 아이들을 사랑한다.
우리를 향한 신의 무한한 사랑도 마찬가지다.
주님은 우리가 무엇이 필요한지 살피시고
우리의 기도에 귀 기울이시며 부족함을 채우신다.
만약 당연히 받아야 할 것인데 주시지 않는다면
우리로 하여금 기도하게 하려고 주시지 않거나
실제로는 필요하지 않기 때문에 주시지 않는 것이다.

그리스의 정치가인 에파미논다스(Epaminondas)는 레욱트라 전투*의 승리에 감격한 이유가 그의 부모님이 크게 기뻐할 것이기 때문이라고 말했다.

사랑에는 자식을 향한 사랑뿐 아니라 동물을 향한 사랑도 있다. 옛 인도의 대서사시 『마하바라타(Mahabharata)』에는 이런 이야기가 나온다. 주인공인 영웅 판다바스족이 길고 좁은 길을 통해 천국의 문에 이르렀다. 그런데 이들은 들어갈 수 있지만 개는 들어갈 수 없다는 말을 듣는다. 사정을 해보았지만 소용없었다. 결국 그들은 충직한 동반자와 함께 들어갈 수 없다면 자신들도 포기하겠다며 돌아섰다. 이때 천사가 나타나 허락했고 그들은 개를 데리고 무사히 천국으로 들어갈 수 있었다.

나는 언젠가 모두가 워즈워스의 말을 이해하는 날이 오리라 기대해본다.

우리의 행복이나 만족을
연약한 존재들의 슬픔과 바꾸지 말라.

---

* 기원전 379~371년에 그리스의 패권을 두고 보이오티아 연맹군과 스파르타가 벌인 전투를 말한다. 마침내 보이오티아 연맹군이 승리했고 연맹을 주도한 테베가 그리스에서 주도권을 잡았다.

사랑은
인생의 음악

지금부터는 결혼에 이르는 사랑에 관해 이야기해보겠다. 사랑은 인생의 음악과도 같다. 브라운 경은 "아름다움 속에는 음악이 있다. 그중에서도 사랑의 선율은 어떤 악기보다 감미로운 소리를 낸다"고 했다.

플라톤의 『향연(Symposion)』에서는 사랑에 관한 흥미로운 이야기를 소개한다. 이 책에서 주인공 파이드로스는 이렇게 말한다.

"사랑은 남자가 사랑하는 여자를 위해 목숨까지 바치게 만든다. 오직 사랑을 위해서. 남자들만이 아니라 여자들도 마찬가지다. 펠리아스의 딸 알케스티스*는 사랑의 힘을 모든 그리스인에게 보여주었다. 알케스티스는 남편을 위해 목숨을 바치려 했다. 남편의 부모도 하지 못하던 일이었다. 이 아름다운 사랑은 부모의 사랑을 훨씬 뛰어넘었다. 오히려 혈육인 부모가 타인 같아 보이고 성만 같은 가족처럼 느껴지게 했다. 알케스티스의 고귀한 행동은 인간들만이 아니라 신들에게도 칭찬받았다. 그래서 아주 드물게 지상의 세계로 돌아

---

* 그리스신화에 등장하는 테살리아의 왕 아드메토스의 아내이다. 사랑하는 남편을 대신해 죽음을 맞이했지만 헤라클레스가 죽음의 신 타나토스와 싸워 다시 그녀를 살려내고 아드메토스에게 돌려주었다.

올 수 있는 특권을 부여받았다. 신들은 이처럼 헌신적인 사랑을 가장 귀하게 여긴다."

그리스의 시인 아가톤(Agathon)은 이보다 더 감동적인 사랑을 이야기한다.

"사랑은 사람들의 마음에 따뜻한 애정을 채우고 적대감을 없애준다. 사랑 덕분에 사람들은 축제나 연회에서 모일 수 있는 것이다. 이런 모임에서 사랑은 우리의 주인이 되어 자비를 베풀고 어색함을 몰아내고 우정을 심어주고 적의를 물리친다. 선한 사람에게는 기쁨을, 현명한 사람에게는 경이로움을, 신들에게는 놀라움을 선사한다. 사랑은 얻지 못한 사람에게는 갈망의 대상이 되고, 얻은 사람에게는 소중한 보물이 된다. 사랑은 고상함과 화려함과 열정과 애정과 부드러움과 우아함의 근원이다. 사랑은 선한 자에게는 경의를 표하지만 악한 자는 경멸한다. 사랑은 논쟁할 때나 일할 때, 열정에 빠질 때나 두려울 때 늘 우리의 안내자이자 동반자이자 조력자가 되어준다. 사랑은 신과 인간 모두에게 영광이 된다. 사랑은 훌륭하고 지혜로운 지도자이므로 모두가 그의 뒤를 따르고, 신과 인간을 매료시키는 사랑의 영광을 찬양한다."

사랑할 때 인간은
완전해진다

사랑의 기원은 악의 기원만큼이나 철학자들을 괴롭히는 과제였다. 『향연』에서 아리스토파네스는 사랑의 기원에 관해 다음과 같이 말했다.

원래 인간의 모습은 지금과 달랐다. 처음에 인간은 등과 옆구리는 둥글고 팔과 다리도 각각 네 개씩 있었다. 한 개의 머리에 두 개의 얼굴이 있었는데 각각 반대쪽을 바라보았다. 지금처럼 똑바로 서서 걸을 수 있었고 원한다면 앞, 뒤, 옆 어디로든 이동할 수 있었다. 빨리 이동하고 싶을 때는 네 개의 다리와 네 개의 팔을 이용해 빠르게 굴러다닐 수도 있었다. 처음에 인간은 뛰어난 신체 능력과 지적 능력을 가지고 있어 신을 공격하기도 했다. 호메로스가 이야기한 오티스와 에피알토스도 하늘로 올라가 신을 공격했던 사람들이다. 이때 신들은 고민했다. 만약 거인족에게 했듯이 인간들을 멸종시킨다면, 신들은 인간들에게 제사와 제물을 받을 수 없을 것이다. 그렇다고 무례한 인간들을 언제까지나 참아줄 수도 없는 노릇이었다.

제우스는 오랜 고민 끝에 방법을 찾아냈다.

"인간들의 오만방자함을 없애고 행동을 바로잡을 묘안을 생각했다. 인간들을 살려두되 그들을 둘로 나누라. 그러면 두 가지 이점이 있다. 하나는 인간들의 힘이 절반으로 줄어들 것이다. 또 하나는 그들이 바치는 제물이 두 배로 늘어날 것이다. 인간들은 두 개의 다리로 똑바로 서서 걸어다닐 것이다. 이후에도 계속 오만한 태도를 버리지 못하면 다시 둘로 나눠 다리 하나로 뛰어다니게 만들 것이다."

제우스는 이렇게 말한 뒤에 '마치 실로 달걀을 자르듯' 인간을 반으로 갈랐다. 둘로 갈라진 인간은 잃어버린 반쪽을 그리워하기 시작했다. 이처럼 서로에 대한 갈망이 아주 먼 옛날부터 인간의 본능에 자리 잡고 있었다. 따라서 둘이 하나가 될 때 불완전한 인간은 완전해진다. 우리는 신이 내린 이 벌 때문에 늘 다른 반쪽을 찾아다닌다.

어떤 사람이 자신의 반쪽을 찾으면 사랑과 우정과 친밀감이 주는 기쁨에 사로잡힌다. 그래서 단 한순간도 상대방으로부터 멀어지지 않으려 한다. 둘은 평생을 함께 살고자 하지만 서로에게 왜 끌리는지는 설명하지 못한다. 상대를 향한 강렬한 그리움이 단지 육체적 결합만은 아니라고 생각한다. 그것이 무엇인지 분명하게 표현하지 못하고 단지 어렴풋하게나마 암시할 뿐이다.

사랑은 일종의
계시와도 같은 것

어쨌든 인간의 마음에는 본능적인 통찰력이 있어 상대방을 보는 즉시 어떤 인상을 받고 그 인상은 잘 변하지 않는다. 또한 그 인상은 좀처럼 틀리지도 않는다. 첫눈에 반하는 사랑이 경솔해 보이기도 하지만 이런 사랑은 일종의 계시와도 같다. 마치 예전에 한 몸이었던 때로 돌아가는 느낌을 받는 것이다.

그녀를 바라보는 것이
곧 그녀를 사랑하는 것이다.
그녀만을 사랑하고
영원히 사랑하리라.   _번스

다행히 경험은 좀처럼 느낌을 속이지는 않는다. 애정은 깊을수록 서서히 자란다. 진실로 헌신할 때 따뜻한 사랑을 키울 수 있다.

프랑스의 사상가 미셸 몽테뉴(Michel Montaigne)는 "사랑 때문에 결혼하고 나서 후회하지 않는 사람은 거의 없다"고 지

적했다. 새뮤얼 존슨도 결혼을 대법관의 판결로 결정하면 좀
더 행복할 것이라고 풍자적으로 말했다. 물론 나는 미셸 몽
테뉴나 새뮤얼 존슨의 말이 옳다고 생각하지는 않는다. 아서
왕 이야기에 등장하는 용맹한 기사 랜슬롯 경은 아름다운 처
녀 애스톨랫에게 이렇게 말했다.

"나는 강요된 사랑은 싫소. 사랑은 강요가 아닌 마음에서
우러나와야 하기 때문이오."

사랑은 장소나 조건에 구애받지 않는다. 사랑하는 사람들
은 그곳이 어디라도 행복할 수 있기 때문이다.

내가 사막에서 산다고 해도
아름다운 그대와 평생 살 수 있다면
모든 사람은 다 잊어버리고
그 누구도 미워하지 않으면서
오직 그대만을 사랑할 수 있기를.   _ 바이런

사랑은 시간도 문제가 되지 않는다.

평화로울 때 사랑하는 자는 갈대 피리를 불고,
전쟁이 일어나면 말에 올라탄다.

큰 무도회장에서는 화려한 옷을 입고 등장하며,

작은 마을에서는 들판에서 춤을 춘다.

사랑은 뜰과 막사와 숲을 모두 다스린다.

사람들은 땅에, 성인(聖人)들은 하늘에 있다.

사랑은 천국이고 천국은 사랑이므로.　　　　　**_ 스콧**

　　종교와 철학이 연합해 사랑을 억압했을 때도 진리는 대중
의 언어를 통해 스스로를 드러냈다. 예컨대 터키 속담에 이
런 말이 있다. "모든 여성은 완벽하다. 특히 그녀가 당신이
사랑하는 사람일 때는 더욱 그렇다."

　　사랑하는 사람을 가까이 다가오게 하라. 그러면 다음과 같
은 일들이 벌어질 것이다.

바로 그 순간 새롭고도 낯선 무언가가

꽃과 나무와 땅을 지나친다.

주위의 모든 사물에

미묘하지만 분명한 변화가 나타난다.　　　　　**_ 트렌치**

　　호메로스가 '운명'에 관해 한 말은 '사랑'에도 적용할 수
있다.

운명의 발은 조심스럽다.

운명이 땅이 아닌 사람의 머리 위에

발을 디디기 때문이다.

천국과 지옥을
맛보게 하는 사랑

인간의 인생에는 사랑과 이성이 함께 존재한다. 둘이 각자의 역할에 충실할 때 인생은 완전해진다. 사랑 없이 이성만으로 덕을 이룰 수 없고 반대도 마찬가지다.

시인 멜라니피데스(Melanippides)는 이렇게 말했다. "사랑은 사람의 마음속에 욕망이라는 달콤한 열매와 함께 향기롭고 아름다운 것들을 섞어놓는다."

시인들은 사랑에서 끝없는 영감을 받는다. 그중 밀턴이 묘사한 낙원의 모습보다 숭고하고 아름다운 장면도 없다.

그대와 대화하다 보면 시간 가는 줄 모른다.

계절이 변하는 것도 모를 정도다.

아침의 숨결은 달콤하고,

아침 일찍 일어난 새의 아름다움으로 달콤함이 더해진다.

태양이 행복의 땅에 햇살을 비추면

풀과 나무와 과일과 꽃에 이슬이 반짝인다.

단비가 내리고 난 뒤에

비옥한 땅에서 향긋한 내음이 풍긴다.

어느새 다가온 저녁은 상쾌한 기분을 일으키고

고요한 밤에는 신성한 새와 예쁜 달이 나타나고

밤하늘에는 반짝이는 보석들이 화려하게 펼쳐진다.

하지만 새의 아름다움으로 더해지는 아침의 숨결도,

이 행복의 땅에서 떠오르는 태양도,

풀과 나무와 과일과 꽃에 반짝이는 이슬도,

비가 내린 뒤에 땅에서 올라오는 향내음도,

저녁의 상쾌한 기분과 신성한 새가 나오는 고요한 밤도,

달빛 아래 산책도, 밤하늘에 반짝이는 별들도,

그대가 없으면 전혀 아름답지 않다.

누구도 이상적인 결혼에 대한 희망을 버릴 필요는 없다.
불행히도 사람들은 저마다 취향이 모두 다르다. 하지만 사랑
은 그 자체가 사랑을 만들어내기 위해 아주 많은 일을 하므
로 보잘것없는 사람도 결혼할 자격만 된다면 행복한 결혼을
꿈꿀 수 있다.

그녀는 나의 소유다.

이런 보물을 가진 나는

바다를 스무 개나 가진 것만큼 부유하다.

바다의 모래는 진주요, 바닷물은 넥타르요, 바위는 순금이다.

_셰익스피어

진정한 사랑은 부당하거나 까다롭지 않다.

사랑하는 그대여,

당신의 정숙한 가슴과 고요한 마음에서 자란

내가 전쟁과 무기 속으로 뛰어든다고 해서

나에게 냉정하다고 말하지 마오.

맞소! 이제 나는 새로운 주인을 찾고 있소.

강한 믿음으로 칼과 말과 방패를

가슴에 품고 전쟁터에서 적을 찾고 있다오.

그러나 이런 모순을 당신도 이해할 것이오.

내가 만약 명예를 사랑하지 않았다면

당신도 그만큼 사랑하지 못했을 것이오.   _ 러브레이스

하지만 사랑의 특징을 이렇게도 말할 수 있다.

아아! 이토록 사소한 이유로
사랑하는 사람들의 마음이 갈라진다!
사랑이 세상의 시험을 당할 때
거센 파도와 폭풍을 견뎌내는 배처럼
슬픈 일을 당해도 더 애틋해지는 사랑도 있지만,
맑은 날에도 가라앉는 배가 있듯이,
천지가 고요해도 마음이 멀어지는 사랑도 있다.   _ 무어

진정한 사랑으로
삶은 고귀해진다

사랑은 언제든 깨지기 쉬우므로 작은 충격도 조심해야 한다.

류트의 작은 균열이
음악 소리를 점점 죽일 것이고
서서히 모든 것을 침묵하게 만들 것이다.   _ 테니슨

사랑은 섬세하다. "사랑은 충격과 조바심으로 상처받는
다." 냉담하고도 고집스럽게 행동하며 사랑이 계속되길 바라
느니 차라리 바이올린을 마구 다루면서 음정이 맞길 바라는

편이 낫다. 반대로 작고 이름 없고 기억되지 않지만 친절하고 다정다감하게 행동하면서 사랑을 꽃피우는 것이 얼마나 큰 기쁨이겠는가.

당신이 사랑해 선택한 그녀가 당신의 신부가 되었다.
하늘은 선물을 내리며 당신에게 믿고 맡겼다.
그녀를 늘 존중하며 욕정에 눈멀지 말라.
그녀를 지키더라도 그녀의 미덕을 믿으며,
여린 마음이 당신에게서 안정감을 느끼도록
위안을 주고 보호자가 되며 안내자가 되라.
인생이 힘들거나 즐겁거나
모든 행복과 고통을 그녀와 나누라.
이성이 허락하지 않는다고 지나치게 굴복하지 말고
지나치게 힘으로 이기려고도 하지 말라.
인생의 동반자는 희생자도 폭군도 되어서는 안 된다.
행복한 결혼 생활을 망치지 않으려면 지배하지 말고
아내에게 남편의 사랑을 항상 느끼게 해주라.   _ 본디

모든 사람은 진정한 사랑을 나눌 때 고귀해진다.

사랑을 하다가 잃는 것이
사랑을 전혀 안 하는 것보다 낫다.   _테니슨

삶이 끝나는 날까지
'사랑'은 계속되나니

진정한 사랑은 세월과 함께 자라나고 깊어진다. 영국의 시
인 스윈번(Swinburne)은 남편과 아내는 "함께 살아가면서 서
로를 사랑하고 마침내 하나가 된다"라고 말했다.
사랑은 인생이 끝나는 날까지 계속된다.

사랑도 죽을 수 있다고,
세월이 흐르면 열정도 사라진다고,
모든 것은 헛되다고 말하는 사람은 모두 틀렸다.
천국에서 야망은 살아갈 수 없다.
지옥에서 탐욕도 살아갈 수 없다.
이 땅의 세속적인 욕정은
태어난 곳에서 소멸된다.
하지만 사랑은 불멸한다.
사랑의 성스러운 불길은 영원히 불타오른다.

하늘에서 온 사랑은 하늘로 돌아간다.

이 땅에서 사랑은 괴로운 손님일 때가 많다.

때로는 속임을 당하고 억압을 당하기도 한다.

땅에서는 사랑이 시험을 당하고 배척을 당한다.

하지만 천국으로 올라가면 온전한 안식을 취한다.

땅에서 사랑은 수고와 근심의 씨앗을 뿌리나,

하늘에서는 그 열매를 거두게 된다.   _ 사우디

남편이나 아내에 대한 사랑, 친구나 자녀에 대한 사랑은 우리 인생에 크나큰 위안과 기쁨이 된다. 위안은 과거의 추억을 상기시키고, 기쁨은 미래의 꿈을 꾸게 한다. 우리는 아이들을 보면서 인생을 다시 살아간다.

5장

인생의 고통

감사의 마음이
오늘의 기쁨을 만든다

마음은 늘 그 자리에 있다.

그 안에서는 지옥을 천국으로 만들 수도 있고,

천국을 지옥으로 만들 수도 있다.

_밀턴

대부분의 고통은
실체가 없다

우리는 살아가면서 인생의 여러 문제를 만난다. 그중에는 실제로 우리 마음을 아프게 하는 고통도 있는데, 특히 우리 자신이 만든 것일 때 더욱 그렇다. 하지만 진짜 문제가 아닌 경우도 적지 않다. 담대히 맞서다 보면 고통이라고 생각했던 것이 아무런 실체가 없고 그냥 우리의 잘못된 상상력이 만들어낸 것에 불과한 경우가 많다. 다윗 왕의 시대처럼 지금도 "각 사람은 그림자같이 다니고" 있는 것이다.

큰 불행처럼 보이지만 실제로 그렇지 않은 때도 있고, 진짜 불행이라도 별로 힘들지 않을 때도 있다.

고대 로마의 철학자 보에티우스의 『철학의 위안』에는 다음과 같은 구절이 나온다.

"세상의 고통이 휘몰아칠 때 우리 마음은 알 수 없는 심연 속으로 빠져든다. 마음이 기쁨의 원천인 빛을 잃고 근심이라는 어두운 동굴로 들어가면 불행한 일밖에 보이지 않는다."

에픽테토스는 이렇게 말했다.

"아테네는 살기 좋은 곳이다. 그러나 욕정이나 근심이 없다면 더 좋은 곳이 될 것이다."

우리는 다음과 같은 마음을 유지하기 위해 힘써야 한다.

마음이 행복하면
알 수 없는 세상의 모호함과
우리를 짓누르는 인생의 무게도
가벼워질 수 있다.   _ 워즈워스

모든 것은 사람의 생각이
만들어낸다

우리는 가능하면 외적인 환경에 얽매이지 말아야 한다.

돌담은 감옥이 되지 않고,
쇠창살은 새장이 되지 않는다.
순전하고 고요한 마음은
어디든 그곳을 피난처로 만든다.

나에게 사랑할 자유가 있고,

나의 영혼이 자유롭다면

천사들이 그 위를 날아다니며

자유를 즐길 것이다.

- 러브레이스

행복이란 사실 우리가 마음먹기에 달려 있다. 햄릿은 이렇게 말한다. "이 세상은 큰 감옥이야. 교도소도 많고 병동도 많고 지하 감옥도 많거든." 그러자 로젠크란츠가 지혜롭게 대답한다.

"그런 것 같지는 않습니다. 세상에는 좋은 것도 나쁜 것도 없으니까요. 다만 생각이 그렇게 만드는 것입니다. 감옥이라고 생각하면 감옥이 되는 거죠."

마르쿠스 아우렐리우스는 이렇게 말했다.

"모든 것은 사람의 생각이 만들어낸다. 생각 자체가 사람을 망치는 건 아니다. 생각이 어찌 사람의 인생을 망칠 수 있겠는가? 죽음과 생명, 명예와 불명예, 고통과 기쁨, 이 모든 것은 좋은 사람들이나 나쁜 사람들에게 똑같이 일어나고, 우리를 더 좋게 만들지도 않고 더 나쁘게 만들지도 않는다."

제레미 테일러는 "가장 심각한 악은 우리에게서 나온다. 마찬가지로 가장 위대한 선도 우리에게서 나온다"고 말했다.

밀턴도 비슷한 맥락에서 "마음은 늘 그 자리에 있다. 그 안에서는 지옥을 천국으로 만들 수도 있고, 천국을 지옥으로 만들 수도 있다"고 했다.

밀턴은 눈이 멀어 앞이 보이지 않았지만 우리보다 더 아름다운 광경을 보았고, 베토벤은 귀가 멀어 들리지 않았지만 우리보다 더 아름다운 천상의 음악 소리를 들었다.

두려움의 실체에 다가서라

앞으로 무슨 일이 벌어질지 모를 때 우리는 최악의 상황을 상상하며 두려움에 빠진다. 하지만 두려움의 실체를 알면 문제의 절반은 해결된다. 사람들은 강도보다 유령을 더 무서워한다고 한다. 이는 합리적이지 않을 뿐더러 비상식적인 행동이다. 만약 유령이 존재한다고 해도 그것이 우리에게 어떤 해를 끼치겠는가? 유령을 보았다고 하는 사람들 중에서도 유령을 직접 만지거나 느껴보았다고 한 사람은 아무도 없다.

『성경』의 「욥기」를 보면 어두운 밤이 어떻게 두려움을 가중시키는지 잘 보여주는 대목이 있다.

사람이 깊이 잠들 즈음

내가 그 밤에 본 환상으로 말미암아 생각이 번거로울 때에

두려움과 떨림이 내게 이르러서 모든 뼈마디가 흔들렸느니라.

그때에 영이 내 앞으로 지나매 내 몸에 털이 주뼛하였느니라.

그 영이 서 있는데 나는 그 형상을 알아보지는 못하여도

오직 한 형상이 내 눈 앞에 있었느니라.

그때에 내가 조용한 중에 한 목소리를 들으니

사람이 어찌 하나님보다 의롭겠느냐.

사람이 어찌 그 창조하신 이보다 깨끗하겠느냐.

이렇게 욥처럼 두려움이 위안과 은혜를 얻는 교훈이 되기도 한다.

우리는 고통과 어려움을 실제보다 더 크게 과장할 때도 있다. 베이컨은 이렇게 말했다.

"위험은 실체가 드러나면 더 이상 위험이 아니다. 위험은 인간을 굴복시키기보다는 기만하려고 한다. 위험이 다가올 때 먼발치서 지켜보기보다는 만나러 나가는 편이 더 낫다. 위험이 가까이 오지 않는다고 해도 마찬가지다. 너무 오랫동안 지켜보다가 잠이 들지도 모르기 때문이다."

각자 행복해져야
세상도 행복해진다

미래를 미리 내다보는 것은 현명한 일이지만, 미리 슬퍼하는 것은 어리석은 일이다. 어차피 실체가 없다면 지하 감옥보다는 거대한 성이 낫지 않겠는가.

우리에게 찾아오는 고통 중에는 당연히 힘든 것도 있지만 꼭 불행하다고까지 말할 것은 없다. 안타깝게도 의도하든 의도하지 않든 발을 잘못 내디뎌 잘못된 길로 빠질 때가 종종 있다. 이런 경우에 다시 길을 돌아갈 수 있을까? 잃어버린 것을 되찾을 수 있을까? 물론 그럴 수도 있지만, 단언하기는 어렵다.

너무 말을 많이 하고 너무 입맞춤을 오래 하면
세상은 결코 이전과 같지 않을 것이다.

소크라테스는 이런 말을 남겼다.
"악행을 저지르는 것보다 악으로 고통받는 것이 더 낫다. 악행을 저질렀을 때는 벌을 피하는 것보다 벌을 받는 것이 더 낫다."

사람들은 이기심이 나쁘다고 말한다. 그리고 그것은 행복을 방해한다고 말한다. 하지만 꼭 그런 것만은 아니다.

다만 너무 많은 사람이 이기적으로 행동해서 안타까울 따름이다. 사람들은 자신뿐 아니라 다른 사람들도 불행에 빠뜨린다.

괴테는 "먼저 각자 자신부터 행복해져야 세상도 행복해질 수 있다"고 했다. 물론 말은 쉽지만 실제로는 쉽지 않다고 생각할 수도 있다. 그리고 예외도 지적할 수 있다. 하지만 매사에 적절히 처신하고 건강을 잘 돌본다면 그는 건강하고 밝은 사람이 될 것이고 그의 가정도 행복해질 것이다. 게다가 가정생활을 힘들게 만드는 사소한 걱정거리들도 사라질 것이다. 그는 자기 일에 충실하고 바람직한 생각을 하고 경제적으로도 여유로워질 것이다.

중국 속담에 '자기 집 앞의 눈은 치우되 이웃집 앞의 얼음은 신경 쓰지 말라'는 말이 있다. 이런 행동이 이기적으로 보일지는 몰라도 자신의 가족이나 친척, 친구에게는 더없이 좋을 것이다.

세상을 한번 둘러보라.
자신의 장점을 알고 있거나

알려고 노력하는 사람이 얼마나 적은가.   _ 드라이든

감사하는 마음이
고통을 이긴다

잘못된 행동을 하면서 행복한 삶을 살 수는 없다. 특히 아이들을 보면 알 수 있다. 응석을 부리는 아이 중에 행복한 아이가 있는가. 아이가 잘못했을 때 처음부터 벌을 준다면 앞으로 살아가면서 더 큰 고통을 피할 수 있다.

모든 사람이 각자의 수호천사를 갖고 있다고 생각한다면 큰 위로가 될 것이다. 실제로도 그렇다. 양심이라는 수호천사가 우리를 늘 지켜보다가 위험한 상황이 다가오면 바로 알려준다.

우리는 불평하는 일이 많은데 이는 감사할 줄 모르기 때문이다.

이 지적인 존재는 고통이 가득한 채
생각이 영원을 떠돈다.
아직 태어나지 않은 생각의 넓은 자궁에서
길을 잃고 헤매느니 차라리 사라지기를.   _ 밀턴

아마도 우리는 더 나은 세상을 준비하기 위해 이 땅에 태어났는지도 모른다. 그렇다면 미래의 행복을 위해 준비하는 현재의 삶에 불평하면 되겠는가? 우리는 다음과 같이 해야 한다.

작든 크든 모든 고통을 헤아려야 한다.
고통은 신이 그대에게 보낸 전령이다.
예를 다해 그를 맞이하고 일어나 경배하라.
그의 그림자가 집 문지방에 닿기 전에
그 거룩한 발을 씻게 해달라고 간청하라.
그대가 가진 모든 것을 그 앞에 내놓아라.
욕망의 그림자가 조금이라도 드리워지면
그를 맞이하는 마음이 온전하지 못할 것이다.
어떤 치명적인 동요의 물결이 몰려와도
숭고한 영혼의 평정을 무너뜨리지 못하게 하라.
슬픔도 기쁨처럼 당당하고 평온하고 침착하게 맞아라.
굳건하고 정결하고 용감하고 자유로워져라.
사소한 문제들을 강하게 물리쳐라.
영원히 변치 않을 위대하고 숭고한 생각을 마음속에 간직하라.

_ 오브리 드비어

삶은 곧 축제임을
인식하라

플루타르코스는 이렇게 말했다.

"우리가 현재 누리고 있는 은총이 사라진다면 그 은총에 감사하는 마음이 저절로 생길 것이다. 몸이 아픈 사람은 건강을 절실히 바라고, 전쟁 중인 사람은 평화를 간절히 원하며, 번잡한 도시에 사는 사람들은 고향의 친구를 몹시도 그리워한다. 가지고 있던 것을 빼앗기는 것만큼 참담한 일이 또 있을까. 사람은 어떤 은총이든 누리고 있는 동안에는 소중함을 잘 모른다. 그러다가 그것을 잃어버리면 그제야 그 가치를 깨닫는다. 내가 사는 곳과 내가 가진 것이 얼마나 좋은지 알고 있다면 마음이 충분히 풍족해질 것이다. 이 말에 동의하지 못한다면, 자신보다 상황이 좋지 못한 사람들을 보라. 자신보다 나은 조건에 있는 사람들과 비교하지 말라. (…) 로마 식민지에 사는 키오스인과 갈라디아인과 비티니아인은 자신들의 명예와 권력에 만족하지 못했다. 그들은 원로원 의원이 되지 못했다며 슬퍼했다. 하지만 그들이 원로원 의원이 된다면 이번에는 로마의 집정관이 되지 못한다고 한탄할 것이다. 설사 집정관이 되어도 일인자가 아닌 이인자라며 불행해헸을 것이다. (…) 따라서 가마를 타고 가는 사람을 보지 말고 눈을 낮춰 가마를 지고 가는 사람을 보라."

플루타르코스는 또 다음과 같이 덧붙였다.

"나는 디오게네스가 라케다이몬에서 어느 이방인에게 했던 말이 떠오른다. 축제 때 그 이방인이 사람들에게 돈 보이려고 화려한 옷을 입고 있었다. 디오게네스는 그에게 '훌륭한 사람은 매일매일이 축제가 아닌가?'라고 했다. 자신의 하루하루를 축제로 만든다면 인생은 평온과 행복으로 가득할 것이다. 인생을 제대로 이해할 때 현재를 불평하지 않고 받아들일 수 있다. 감사하는 마음으로 과거를 기억하고 두려움 없이 기쁜 마음으로 미래를 맞이할 것이다."

6장

노동과 휴식

수고 끝에 우리 영혼은
홀가분해지나니

노동 후에는 휴식을 얻고,

전투 후에는 승리를 얻는다.

_토마스 아 켐피스

노동은 행복의
한 요소

　물론 나는 노동이 인생의 고통이라고 생각하지는 않는다. 지나치지만 않으면 노동은 그 자체로 행복을 위한 인생의 요소가 될 수 있다. 알다시피 일에 몰입하면 시간이 순식간에 지나가지만 게으름을 피울 때는 마치 시계가 멈춘 듯 시간이 느리게 간다. 일에 집중하는 동안에는 사소한 근심과 어려움을 잊을 수 있다. 부지런하면 쓸데없는 생각에 빠져 고민할 시간이 없다.

　　수고 끝에 그의 영혼은 홀가분해지고,
　　바쁜 하루 끝에 평화로운 밤을 보낸다.
　　재산이 부유하지는 않지만
　　천국의 보배인 평화와 건강이 풍성하다.　　_그레이

　이는 들판이나 공장에서 하는 일과 관련 있다. 일이 비천하더라도, 명성이 높아지지 않더라도 의무를 다한 보람을 맛보게 하고 건강이라는 은총을 허락한다. 에머슨은 청년들에게 이렇게 말했다.

"청년들 머리에 생명의 월계관을 씌워주는 천사는 노동과 진리와 믿음이다."

노동은 신이 베푸는
가치 있는 선물

고대인들은 노동을 신이 베푸는 가치 있는 선물이라고 생각했다. 사람들은 인내가 놀라운 힘을 가졌다는 사실을 인정하면서도 쉽게 잊어버린다. 하지만 자연은 우리에게 인내의 교훈을 가르쳐준다. 이에 관한 유명한 일화가 전해진다.

옛날에 스코틀랜드에는 로버트 브루스라는 왕이 살고 있었다. 그런데 어느 날 큰 규모의 영국 군대가 스코틀랜드로 쳐들어왔다. 브루스는 용감하지만 소규모인 자신의 군대를 이끌고 여섯 번이나 적군과 싸웠지만 번번이 패배해 도망쳐야 했다. 스코틀랜드 군대는 모두 뿔뿔이 흩어지고 브루스는 숲속 깊은 곳에 숨었다. 비가 내리던 어느 날, 브루스는 절망에 빠져 초라한 오두막집 바닥에 누워 있었다. 그때 머리 위로 거미 한 마리가 집을 지으려 애쓰고 있었다. 여섯 번이나 시도했지만 매번 실패했다. 브루스는 이쯤 되면 거미가 포기할 것이라고 생각했다. 하지만 거미는 여섯 번 실패해도 일곱 번째 다시 시도했다. 마침내 거미는 견고한 집을 짓고야 말았다. 이 모습을 본 브루스는 소리쳤다. "그래, 나도 일곱 번째 시도를 해야겠다!" 브루스는 흩어진 군대를 다시 모아 전열을 가다듬고 영국 군대를 물리칠 수 있었다.

글을 쓸 때는 공을 들인 만큼 읽기가 수월해진다고 한다. 플라톤은 『국가(Politeia)』를 쓸 때 첫 장만 열세 번을 고쳐 썼다고 한다. 이탈리아의 화가 카를로 마라티(Carlo Maratti)는 안티노우스의 머리를 300번이나 다시 그리고 나서야 만족했다고 한다.

녹이 슬어 쓰지 못하게 되는 것보다 닳아서 없어지는 편이 낫다. 영국의 소설가 제프리스(Jeffreys)는 "선반에 먼지가 내려앉듯 마음에 먼지가 내려앉는다"고 절묘하게 비유했다.

노동은 이처럼 사람에게 유익하지만, 정도가 지나친 경우가 적지 않다. 사람들은 일에 지쳐 스스로 이렇게 묻는다.

왜 인생은
일만 하다 끝나는가?   _ 테니슨

정직한 노동은
헛되지 않다

솔로몬의 말처럼 모든 것에는 다 때가 있다. 일을 해야 할 때가 있고 놀아야 할 때가 있다. 제대로 기분 전환을 하고 싶다면 오히려 일을 해야 한다. 일을 하고 얻을 수 있는 보상 중 하나는 여가 시간을 즐겁게 보낼 수 있다는 것이다.

뜻이 있는 곳에 길이 있다는 옛 격언은 틀림없이 옳은 말이다. 그러나 무언가를 원하더라도 적절하게 수고하지 않고 바라는 것은 옳지 않다. 무슨 일을 하든지 결국은 자기 힘으로 해내야 한다. 물론 다른 사람의 도움을 받을 수도 있지만, 일을 마무리하는 것은 본인의 몫이다. 이것은 그 누구도 대신해줄 수 없는 일이다. 자기가 가진 장점으로 어떤 이득을 얻으려면 그 장점을 활용하는 법을 스스로 알아내야 한다.

'정직한 노동은 헛되지 않다'는 말은 과장이 아니다. 포도밭에서 보물은 찾지 못하더라도 땅을 파내고 나면 포도밭은 기름지게 변한다.

에머슨은 자연이 인간에게 전하는 교훈을 다음과 같이 표현했다.

"돈을 받든 받지 않든 항상 일을 하라. 일을 하면 그에 상응하는 보상을 받을 것이다. 고상한 일이든 비천한 일이든, 옥수수를 심든 서사시를 쓰든, 정직한 일이고 당신이 진심으로 원하는 일이라면 보상을 받을 뿐만 아니라 정신적인 보상까지 받게 된다. 실패를 수없이 하더라도 결국에는 승리할 것이다. 일에 대한 보상은 바로 그 일을 끝내는 것 자체에 있다."

밤하늘의 별처럼
각자의 사명을 다할 것

아무리 부지런히 일하고 엄청난 성공을 거두어도 인생에서 누릴 축복은 무한히 남아 있다.

> 시작하지 않은 일이 너무 많고,
> 보고 싶은 것이 너무 많고,
> 얻고 싶은 것이 너무 많고,
> 되고 싶은 것이 너무 많다.   _ 모리스

오늘날에도 어려움이 없는 건 아니지만 옛날 사람들이 누리지 못하던 이점들이 있다. 우리는 전보다 훨씬 안전하게

살아가고 각자가 얻은 노동의 결실을 폭압적으로 빼앗기지도 않는다.

옛날에는 지금에 비하면 공부하는 것도 너무 어려웠다. 책은 비싸서 사기도 힘들었다. 심지어 책을 누가 가져갈까 봐 책상에 묶어놓는 경우도 있었다고 한다. 우리가 아는 위대한 학자들은 대부분 가난했다. 네덜란드의 인문학자 에라스무스(Erasmus)는 양초를 살 돈이 없어서 달빛에 비춰 책을 읽었고, 영국의 시인 콜리지(Coleridge)는 더 배우고 싶은 마음에 1페니를 구걸했다고 한다.

시간이 없다는 것은 게으름의 핑계가 되지 못한다. 제레미 테일러는 이렇게 말했다.

"인생은 거만한 군주나 간악한 반역자의 야망을 채우기 위해 일하기에는 너무 짧다. 큰 부를 얻거나 어리석은 자의 허영심을 채우거나 정당한 흥미를 해치는 것을 짓밟는 데 시간을 보내기에 인생은 너무 짧다. 그러나 선을 행하고 겸손함을 얻고 종교 생활을 할 시간은 부족하지 않다. 유년기부터 노년기까지 신이 우리에게 주신 시간은 충분하다."

노동은 인간이 살아가는 데 필수적이므로 일의 필요성을 논하는 것은 의미가 없다. 다만 어떻게 일을 할 것인가가 중요한 문제다. 일하는 방식은 다양하다. 신속하게 일을 처리

하는 것도 좋지만 그렇다고 너무 서두르면 일을 그르칠 수
있다.

> 너무 서두르지도 말고
> 너무 쉬지도 말고
> 밤하늘의 별처럼
> 각자의 사명을 다하라.
>
> _ 괴테

노동이 주는,
휴식이라는 귀한 선물

노동은 휴식이라는 귀한 선물을 준다. 우리는 일을 잘하기
위해 휴식을 취해야 하고, 반대로 휴식을 잘 즐기기 위해 일
을 해야 한다.

휴식에 관해 러스킨은 다음과 같이 비유했다.

"우리는 돌처럼 휴식해서는 안 된다. 돌은 급류 속에 있고
천둥 번개를 맞을 때는 오히려 위엄을 유지한다. 하지만 물
살이 잠잠해지고 폭풍우가 지나가면 풀과 이끼에 덮이고 먼
지가 쌓인다. 쾌적한 휴식이란 화강암 위에서 숨을 죽이고
쉬는 영양(羚羊)의 휴식이지, 우리에 갇혀 먹이를 깔고 누워

있는 소[牛]의 휴식은 아니다.”

최선을 다해 일한 사람은 불안해할 필요 없이 결과만 기다리면 된다.

에픽테토스는 이렇게 말했다.

“이 일들을 분명하게 이해한 사람은 가벼운 마음으로 살아가고, 쉽게 자기 자신을 통제하고, 어떤 일이든 무던하게 받아들이고, 어떤 상황도 이겨낼 수 있다. 당신들은 내가 가난을 잘 견디길 바라는가? 가난한 역할을 잘 수행하는 사람을 만나면 가난도 별것 아님을 깨닫게 될 것이다. 당신들은 내가 권력을 추구하게 하고 싶은가? 나는 권력을 가지면 동시에 고통도 갖게 될 것이다. 내가 추방당하길 바라는가? 나는 어딜 가든 잘살 것이다.”

불교도들은 내세에 여러 형태의 천벌이 있을 것이라고 믿는다. 물론 선에 대한 보상도 있는데, 그중 최고의 보상은 열반(涅槃)이다. 쉽게 말해 최종적이고도 영원한 휴식이다.

게으른 사람은 진정한 휴식을 알 길이 없다. 열심히 일을 한 사람만이 몸의 휴식이 무엇인지 제대로 안다. 더불어 이보다 더 중요한 마음의 평안도 얻을 수 있다. 최선을 다해 일한 사람은 마음 편히 쉴 수 있다.

7장

종교

다른 사람에게 바라는 대로
당신도 해줄 것

여호와께서 네게 구하시는 것은

오직 정의를 행하며 인자를 사랑하며

겸손하게 네 하나님과 함께 행하는 것이 아니냐.

_「미가서」

'가슴의 종교'와
'머리의 종교'

나는 여기서 신학적인 문제를 논하거나 어떤 특정 교리를 옹호할 생각은 없다. 그보다는 내가 고통스러울 때 큰 위로와 힘을 주고 가장 순수한 행복의 근원이 되어준 종교를 이야기하지 않을 수 없다.

사람들은 전혀 다른 두 가지의 것을 종교라는 하나의 이름으로 묶는다. 그것은 바로 '가슴의 종교'와 '머리의 종교'다. 가슴의 종교는 인간의 행동이나 의무와 관련 있으며, 머리의 종교는 초자연적인 존재의 본질이나 영혼의 미래와 관련 있다.

종교는 단지 지적인 고뇌나 분노가 서린 언쟁이 아니다. 종교는 힘을 주고 길을 안내하고 위로를 주는 것이 되어야 한다. 종교를 명목으로 박해하는 것은 신이 잔혹하고 부당하다고 믿는 것이나 마찬가지다. 진리에 이르고자 최선을 다한 뒤에 그 결과를 가지고서 스스로를 괴롭히는 것은 선한 신을 의심하는 것이다. 베이컨의 표현대로 "성령을 갈까마귀 모습으로 끌어내는 것"이다. 『성경』에서도 "율법 조문은 죽이는 것이요 영은 살리는 것"이라고 했다. 종교의 제일가는 의무는 신의 진리에 가장 가깝게 다가가는 것이다.

하지만 신학적인 의문과 난제로 고통스러워하는 사람들이 많다. 여기서 말하는 것의 대부분은 무엇을 행해야 하는가가 아니라 무엇을 생각해야 하는가이다. 행동에 관해 말하자면 양심은 준비된 안내자라 할 수 있다. 양심을 따르려면 현실적인 어려움을 감내해야 한다. 반면에 신학은 가장 난해한 학문이다. 그러나 우리가 진정으로 진리에 이르고자 한다면 잘 몰라서 저지른 잘못으로 벌을 받는 것을 두려워해서는 안 된다. 유다 왕국의 예언자 미가는 이렇게 말했다.

"여호와께서 네게 구하시는 것은 오직 정의를 행하며 인자를 사랑하며 겸손하게 네 하나님과 함께 행하는 것이 아니냐."

지식은 교만케 하고
사랑은 덕을 세우나니

예수의 산상수훈*에도, 복음서 어느 부분에도 신학이 나오

---

* 예수가 산 위에서 제자들과 군중에게 설교한 일을 가리킨다. 『신약성경』의 「마태복음」 5~7장에 그 내용이 기록되어 있다.

는 곳은 없다. 사람들을 분열시키는 것은 교회보다는 학문이다. 종교는 이 땅에 평화를 가져오고 사람들에게 선한 뜻을 나타내는 것이 목적이다. 따라서 증오와 박해는 율법 조문 안에서는 아무리 옳더라도 영적으로는 완전히 잘못된 것이다.

기독교도들이 산상수훈에만 만족했더라도 유럽인들이 역사적으로 그렇게 혹독한 고통을 겪지 않아도 되었을 것이다.

부하라(Bokhara)*에는 한때 300개가 넘는 대학이 있었지만 모든 대학이 신학 외에 다른 학문을 연구하지 않았다고 한다. 아마도 이 도시의 사람들은 매우 편협하고 냉혹했을 것이다. "지식은 교만하게 하며 사랑은 덕을 세우나니."

우리는 다음과 같은 사실을 잊지 말아야 한다.

기도를 가장 잘하는 사람은
큰 것이든 작은 것이든
모든 것을 진정으로 사랑한다.

신학자들은 이렇게 생각하는 듯하다.

---

* 우즈베키스탄 자라프샨 강 유역의 도시로 사마르칸트와 함께 중앙아시아에서 동서 교통의 요충지로 번영했다.

어떤 보이지 않는 무시무시한 힘이
사람들 사이에 그림자를 드리우고 있다. _ 셸리

신은 그의 지성으로
찬양받는 것

일부 이교도 철학자들은 기독교 신학자들보다 더 진정한
기독교 정신을 보일 때가 있다. 플라톤, 마르쿠스 아우렐리
우스, 에픽테토스, 플루타르코스 등이 그런 철학자들이다.

소크라테스는 이렇게 말했다.

"나는 그날 심판자 앞에 나의 영혼을 어떻게 온전하고 순
결하게 보여야 할지를 숙고한다. 나는 세상의 명예를 버리
고, 진리를 추구하고, 선을 행하고, 때가 되면 죽기만을 소망
한다. 내 힘이 닿는 데까지 다른 사람들도 나처럼 하길 권한
다. 그리고 그대가 나에게 권고해준 보답으로 인생이라는 거
대한 전투에 참여하도록 그대를 인도할 것이다."

에픽테토스도 다음과 같이 말했다. "신을 향한 경건함은
무엇인가. 그대는 신에 대한 올바른 개념을 가지고 신을 믿
는 것이 중요하다. 신이 만물을 선하고 공정하게 다스리신다
는 사실을 알아야 한다. 신에게 순종하고 모든 일을 맡기고

신이 하시는 대로 기꺼이 따르는 것을 의무로 여겨야 한다."

마르쿠스 아우렐리우스도 신에 관해 말했다.

"그대가 천년만년 살 것처럼 행동해서는 안 된다. 죽음은 늘 그대 곁에 있다. 그대는 살아 있는 동안, 그대의 의지대로 행동할 수 있는 동안에도 선하게 살아야 한다. 그대는 지금 이 순간에도 죽을 수 있으므로 모든 행동과 생각을 다스려야 한다. 하지만 신이 계시다면 이곳을 떠나는 걸 두려워할 필요는 없다. 신이 그대를 악으로 밀어 넣지 않을 것이기 때문이다. 신들이 존재하지 않는다면, 또는 신들이 인간의 일에 관심이 없다면, 신의 섭리가 없는 세상이 나에게 무슨 의미가 있을까. 하지만 신은 실제로 존재한다. 신은 인간의 일에 신경 쓰고 인간이 악한 일에 빠지지 않도록 모든 수단을 동원해 도와준다."

플루타르코스는 "신은 금과 은이나 천둥과 번개 때문이 아니라 그의 지식과 지성 때문에 찬양받는 것이다"라고 말했다.

정의와 자비의
절대적 존재가 '신'

동양의 도덕주의자들 가르침은 이해하기 쉽지 않지만, 동양 사상에도 비슷한 정신이 흐른다는 것을 확인할 수 있다. 예컨대『장난감 수레(Toy Cart)』라는 책을 보면 사악한 왕이 비타에게 헤로인을 죽이라고 하면서 아무도 그 일을 모를 것이라고 말한다. 하지만 비타는 왕에게 이렇게 대답했다.

"자연 만물이 그 죄악을 볼 것입니다. 숲과 태양과 달과 바람과 하늘과 땅의 정령들이, 죽은 자를 심판하는 야마가, 그리고 양심적인 영혼이 지켜볼 것입니다."

네덜란드의 철학자 스피노자(Spinoza)의 말이 늘 공감되는 건 아니지만 이 말은 옳다고 생각한다.

"신의 첫 번째 율법은 절대 선(善)인 신을 무조건적으로 사랑해야 한다는 것이다. 여기서 '무조건적'이라는 말은 신이 아닌 다른 것을 사랑하거나 두려워하기 때문에 신을 사랑하는 것이 아니라는 말이다."

다시 말해, 종교의 핵심은 "정의와 자비를 기쁘게 여기는 절대적 존재, 구원받고자 하는 사람들이라면 누구나 복종해야 하는 존재, 그에 대한 숭배가 이웃에 대한 정의와 자비를 실천하는 것이 되는 존재"를 믿는 것이다.

종교는
가슴의 문제

의심은 보통 두 가지 모습을 보인다. 하나는 지혜롭게 판단하기 위해 잠깐 미루는 것이고, 또 하나는 마음이 약해서 주저하는 것이다. 우리는 이 둘을 혼동한다. 충분한 근거가 없는 문제에 관해 어떤 견해를 내세우는 것은 불합리한 일이지만, 그래도 행동해야 할 때는 아무리 사소해도 가장 합리적인 근거를 기반으로 해야 한다. 따라서 여기에는 보통 사람의 상식과 군인의 패기와 정치가의 명민함이 필요하다.

예수가 제자들에게 가르친 내용을 보더라도 교리는 거의 없다. "하나님 아버지 앞에서 정결하고 더러움이 없는 경건은 곧 고아와 과부를 그 환난 중에 돌보고 또 자기를 지켜 세속에 물들지 아니하는 그것이니라.""너희가 서로 사랑하면 이로써 모든 사람이 너희가 내 제자인 줄 알리라.""어린아이들이 내게 오는 것을 용납하라." 게다가 어린아이들이 우리에게 가르쳐주는 교훈이 한 가지 있다면, 바로 종교는 머리의 문제만이 아니라 가슴의 문제라는 것이다.

왜 우리는 종교가 우주의 기원이나 운명에 관한 문제를 해결해줄 것이라고 기대할까? 아무리 정교한 논문도 전기나 열의 기원을 알려줄 것이라고 기대하지는 않는다. 자연사(自然史)가 생명의 기원을 정확히 알려주는 것도 전혀 아니다. 생물학이라고 모든 존재에 관해 설명해줄 수 있는가?

진리는 모든 사람이
마음으로 설득되는 것

고대 그리스의 시인 시모니데스(Simonides)는 히에로에게 신은 누구인지 질문을 받았을 때 대답을 생각할 시간을 하루만 달라고 말했다. 이후에 시모니데스는 계속 생각할 시간을 더 달라고 요구했다. 히에로가 이유를 묻자 시모니데스는 이 주제는 생각하면 할수록 더 모호해진다고 대답했다.

브라만교의 경전인 『베다(Vedas)』에는 다음과 같이 기록되어 있다.

"태양의 한가운데에 빛이 있고, 빛 한가운데에 진리가 있으며, 진리의 한가운데에 영원한 존재가 있다."

신은 모든 곳의 중심에 있고 끝없는 원으로 묘사된다. 그럼에도 "하나님은 사랑"이라고 한 세례 요한의 말이 우리 영혼에 더 분명하게 다가온다.

의심을 한다고 해서 믿음이 아예 없는 것은 아니다.

신념은 혼란스럽지만 행동은 순수하므로,
마침내 그는 갈등을 제거할 수 있었다.
불완전한 신념보다 정직한 의심 속에

더 깊은 믿음이 깃든다.   _ 테니슨

불행히도 많은 사람이 순수한 믿음이나 무익한 노력으로
인생의 죄악과 타협하고자 했다. 그러나 옳은 행동만이 천국
으로 올라가는 확실한 사닥다리다. 물론 이 사닥다리를 타고
올라가는 데 진실한 믿음이 도움이 되기는 한다.

천상의 존재를 사랑하는 것이 나의 의무이고,
이 존재를 아는 것이 나의 유익이며,
내가 본 것이 나의 기쁨이다.

나는 믿음을 위한 정직한 노력이나 종교를 위해 희생하는
신앙심을 과소평가하지 않는다. 하지만 순교자들이 스스로
순교를 명예로운 일로 생각할 수는 있어도, 누구나 그것을
훌륭한 가치로 생각해야 하는 것은 아니다.
진리는 모든 사람이 마음으로 설득되는 것이다. 제프리 초
서는 "진리는 인간이 지닐 수 있는 가장 고귀한 것"이라고 말
했다.
진리에 도달하려면 고통을 감내해야 한다. 그렇다고 다른
사람들에게까지 고통을 주어서는 안 된다.

종교는 규칙이
아니다

싸움으로는 종교를 결단코 발전시킬 수 없다. 박해가 개종의 방법이 되어서는 안 된다. 자신의 견해에 동의하지 않는다고 괴롭히는 사람들은 박해와 살인까지 정당화한다. 이런 과정에서 특정 종파는 핍박을 받게 된다. 이런 식의 폭력적인 태도는 신의 선함이나 그리스도의 가르침과는 절대 양립할 수 없다.

『탈무드』에는 다음과 같은 이야기가 나온다. 어떤 남자가 샤마이라는 유대 학자를 다짜고짜 찾아가 율법을 가르쳐달라고 했다. 하지만 샤마이는 화를 내며 남자를 쫓아냈다. 남자는 다시 유대교 현자인 힐렐을 찾아가 율벌을 가르쳐달라고 했다. 그러자 힐렐을 이렇게 말했다.

"다른 사람이 당신에게 해주기를 바라는 대로 당신도 그들에게 하시오. 이것이 가장 중요한 율법이오. 나머지는 그 율법에 관한 각주에 불과하오."

미개한 종족의 종교는 그저 엄격한 규칙에 불과하다. 신들은 시기심과 복수심과 분노심이 강하고 잔인하고 무자비하고 이기적이며 유치하다. 사람들은 신들에게 제물을 바치면서 비위를 맞춰야 한다. 때로는 인간을 제물로 바쳐야 한다. 신들은 엄할 뿐 아니라 변덕이 심해 아무리 노력해도 늘 기쁘게 만들기 어렵다. 마법사나 마녀는 이 악한 신들에게 사악한 힘을 구한다.

어느 누구도 안전하지 못하다. 위험이 늘 도사리고 있다. 사소한 행동에도 심각한 위험이 따른다. 순수한 목적을 가져도 치명적인 결과를 가져올 수 있다.

비교적 계몽된 시대에 살고 있는 우리는 선조들이 사악한 신을 믿느라 얼마나 고통 속에 살아야 했는지 잘 알지 못한다. 선조들의 삶은 말 그대로 공포와 불안에 싸여 암울했을 것이다. 그러나 사람들은 문명과 더불어 종교도 발전시켰다. 사람들은 신에 관해 좀 더 고차원적인 사상을 갖게 되었다.

어둠과 무지가
잘못된 종교를 만든다

사람들은 자비로운 아버지는 악한 의도가 없는 잘못에는 진노하지 않을 것이라는 사실을 깨닫기 시작했다. 그럼에도 예수의 가르침 중 이것 하나는 분명하다. 그는 제자들에게 이 가르침을 수없이 강조했다.

"율법 조문은 죽이는 것이요 영은 살리는 것이니라."

종교적 견해 중 무엇이 옳든 분명한 것은 그 문제를 두고 싸우는 일은 옳지 않다는 것이다. 기독교의 교부인 성 아우구스티누스(Saint Augustinus)도 이렇게 말했다.

"다른 사람들이 싸우든 말든, 나는 생각할 것이다."

판단을 미룬다고 해서 종교적 회의론자인 것은 아니다. 그는 누구보다 스스로를 잘 알고, 의심과 염려로 괴로운 사람이다.

위대한 신이시여, 저는 차라리

낡은 교리를 믿는 이교도가 되겠습니다.

그래야 이 아름다운 초원에서

제가 덜 버림받는 것 같으니까요.   **- 워즈워스**

종교에서 가장 무서운 것은 어둠과 무지다. 마치 어두운 야밤에 혼자 서 있는 어린아이의 두려움과도 같다. 하지만 빛과 사랑은 이 두려움을 몰아낸다.

미래를 바라보면 우리는 희망을 가질 수 있다. 러스킨은 말한다.

"평화와 자비는 무지나 논쟁에 의지해 존속하거나 진보하지 않고 빛과 사랑이 함께하는 교회의 길을 예비한다."

8장

진보의 희망

인간은 결코
진보를 거스를 수 없다

이전에 존재하던 환경과는 전혀 다른 곳에서,

지금까지 인간의 지성이 만들어낸 결과물을 훨씬 뛰어넘는

문명의 진보를 이루고 있다면 앞으로

우리가 기대하지 못할 것이 있겠는가.

_ 허셜

빛이 있는 곳에
즐거움이 있다

앞으로 더 큰 진보가 이루어지리라고 기대할 수 있는 근거가 적어도 두 가지는 있다. 첫 번째 근거는 인간을 둘러싼 자연과 환경에 대한 지식이 증가해 우리의 후세대는 기성세대보다 더 많은 것을 누릴 수 있다는 것이다. 두 번째 근거는 교육이 발전하고 확대되었고, 학문, 예술, 시, 음악, 문학, 종교 등의 영향력이 커지면서 사람들이 자신을 더 잘 관리하고 자신의 장점을 잘 인식하게 되었다는 것이다. '빛이 있는 곳에 즐거움이 있다'는 이탈리아 속담의 진리를 깨달은 것이다.

신의 섭리로 우리에게 주어진 것을 개선한다는 시도 자체를 불경하게 보느라 진보가 어려운 때도 있었다. 프로메테우스는 인간에게 불 사용법을 전해 제우스의 분노를 샀다고 하지 않던가. 고통은 운명이므로 사람에게 마취제를 사용하는 것에 양심의 가책이나 편견을 가진 시대도 있었다.

초기 색슨 시대에 노섬브리아의 왕 에드윈은 귀족과 성직자를 모아놓고 어느 낯선 사절의 말을 들어야 할지 무시해야 할지 고민이 된다고 말했다. 왕이 그 사절을 의심하고 있었던 것이다. 결국 나이 지긋한 귀족 하나가 일어나 말했다.

"왕이시여, 황량하고 추운 겨울밤에 왕께서 이 안에서 사람들과 저녁 식사를 하고 있다고 상상해보십시오. 안에는 장작불이 타고 있어 환하고 따뜻해도 밖에는 눈보라가 사납게 몰아칩니다. 이때 참새 한 마리가 창문으로 날아 들어와서 다시 반대편 창문으로 나가 어둠 속으로 사라집니다. 우리는 참새를 잠깐 보았지만, 참새가 어디서 와서 어디로 가는지 알지 못합니다. 우리 인생도 마찬가지입니다. 이 짧은 인생은 환하고 따뜻해 보이지만 이전에는 무엇이 있었고 이후로는 무엇이 있을지 모릅니다. 따라서 이 사절이 이미 지나간 어둠과 앞으로 올 어둠을 알려줄 수 있다면 그의 가르침을 들어보면 좋을 것 같습니다."

인간은 늘 진보의
경계선에 서 있으니

그러나 오늘날의 과학적 발견이 위대하고 놀랍지만 해결하지 말고 두어야 하는 문제들도 있다는 이야기를 종종 한다. 나는 그런 한계를 두지 않기를 바란다. 파크(Park)라는 사람이 아라비아인들에게 밤에 태양은 어떻게 되는지, 매일 똑같은 태양이 뜨는지 아니면 새로운 태양이 나타나는 건지 물었다. 그러자 아라비아인들은 그것은 인간의 탐구 영역 밖에 있는 어리석은 질문이라고 대답했다.

프랑스의 실증주의 철학자 오귀스트 콩트(Auguste Comte)는 『실증 철학 강의(Course of Positive Philosophy)』라는 책에서 천체의 원칙을 규정했다.

"우리는 천체의 모양, 거리, 광도, 운동을 측정하길 바란다. 하지만 천체의 화학 성분이나 광물학적 구조는 어떤 방법으로도 알아낼 수 없다."

그러나 불가능하다고 여기던 이 문제가 몇 년 뒤에 해결되었다. 학문의 가능성에 한계를 두는 일이 얼마나 위험한지 보여주는 사례다.

뉴턴의 시대와 마찬가지로 지금도 진리의 거대한 바다가 우리 앞에 모습을 감추고 있다. 나는 영국왕립협회나 영국학술협회 회장이 해마다 연설할 때 '우리가 모르고 있는 것들'을 주제로 말해주길 바란다. 우리가 현재 어느 선까지 발견했는지 누가 알겠는가! 돌이켜보면 인간은 늘 진보의 경계선에 서 있으면서도 그 사실을 깨닫지 못하고 있었다.

전등을 예로 들면, 사람들은 빈 유리 용기 안에 탄소봉을 넣으면 전류가 통과하면서 강렬한 빛이 난다는 사실을 알아냈다. 하지만 빛이 나면서 동시에 유리 용기가 뜨거워져 터졌으므로 전등을 만들 수는 없었다. 에디슨은 탄소 섬유를 가늘게 만들면 열을 없애면서도 충분히 밝은 빛을 얻을 수 있다고 생각했다. 바로 이 지점에서 에디슨의 특허권을 두고 논쟁이 벌어졌다. 탄소봉을 가는 탄소 섬유로 대체한 것으로 특허를 얻을 수 없다고 주장하는 사람들이 있었던 것이다. 스완이나 레인 폭스를 비롯해 수많은 과학자가 발명한 것들도 이처럼 사소한 변화에서 시작되었다.

정신은 무한히
성장하는 것

마취제 발명도 마찬가지다. 19세기 초에 영국의 화학자 험프리 데이비 경(Sir Humphry Davy)은 당시 표현으로 '웃음 가스'라는 것을 발견했다. 험프리는 웃음 가스가 고통을 전혀 못 느끼게 하면서도 건강에도 해롭지 않다는 사실을 알아냈다. 이 마취제를 사용하면 아무런 통증 없이 치아를 뽑을 수도 있었다. 의사들이나 약제사들은 이러한 사실을 알고 있었지만 무려 반세기 동안 아무도 마취제를 사용하지 않았다. 수술은 예전과 똑같은 방식으로 마취 없이 끔찍한 고통 속에서 진행되었다. 유용한 물건이 손에 있었는데도 심지어 그 효과를 잘 알고 있으면서도 사용할 생각은 전혀 하지 못했던 것이다.

이처럼 단순하지만 그 영향력이 대단한 또 다른 발명품이 우리 앞에 있을지 누가 알겠는가!

고대 그리스의 철학자이자 수학자인 아르키메데스(Archimedes)는 "나에게 서 있을 자리만 무한하게 허락된다면 지렛대를 가지고 지구를 움직일 수 있다"고 했다. 하나의 진리는 다른 진리로 연결된다. 마찬가지로 하나의 발명도 다른 발명으로 이어지고, 이 과정은 끊임없이 계속된다.

사람들은 이상하게도 정신을 잘 활용하려 하지 않는다. 몸은 시간이 지나면 성장을 멈추지만, 정신은 의지만 있으면 인생이 끝날 때까지도 성장할 수 있는데 말이다.

진보는 단지 어떤 물질의 발견에만 국한되지 않는다. 우리의 정신도 더 고양될 수 있다. 지금 인간 지성의 영역에서 벗어나 있는 것처럼 보이는 문제들도 언젠가는 해결될 것이다. 그렇게 우리는 진보의 길로 들어서게 된다. 물질적인 진보만이 아니라 정신적인 진보, 나아가 도덕적인 진보까지 이루어질 것이다.

인간의 미래는
희망으로 가득하다

한 나라의 국민이라면 자기 나라의 아름다움이나 부유함, 도시의 크기, 무역 규모 등에 자부심을 느낄 수 있다. 하지만 그 나라의 진정한 자랑은 국토 면적이나 자연의 아름다움보다는 국민의 도덕적·지적 우월성이다.

부유하든 가난하든 자신이 원하는 것을 모두 이룰 수 있는 사람은 거의 없다. 그러나 최선을 다하면 셰익스피어가 말한 인간처럼 될 것이다. "인간은 정말 멋진 존재다! 이성은 고귀하고 능력은 무한하며 움직임은 훌륭하다!" 물론 이처럼 높은 이상에 도달한 인간은 드물기는 하다.

힌두교도들은 사람이 죽으면 다른 모습으로 다시 태어난다고 믿는다. 선한 행동을 한 사람은 고귀하게 태어나고 악한 행동을 한 사람은 비천하게 태어난다. 이 믿음은 선한 삶을 살게 하는 강한 동기부여가 된다. 이 믿음이 사실인지 아닌지는 모르겠으나 우리에게 한 가지 진실만은 확실히 전해준다. 하루하루 최선을 다해 살다 보면 어제보다 오늘 더 멋지고 발전된 삶을 맞이할 것이다. 반대로 욕정이나 유혹에 굴복하면 퇴락한 삶을 살게 될 것이다.

아! 모든 사람의 선(善)이 규범이 될 때
땅을 가로지르고 바다를 가로지르는 빛처럼
황금시대에 우주의 평화가 퍼질 것이다.

우리의 삶은 불가사의하고 우리의 세상은 무한하다. 개개인의 인생뿐 아니라 전 인류의 삶은 영원한 시간 중 찰나에 불과하다. 무엇이 어떻게 시작하고 어떻게 끝나는지 알 수 없다.

비록 지금은 무엇을 어떻게 연구해야 할지 방향을 알지 못한다 해도, 우리의 지식이 확대될수록 더 큰 발견에 다가갈 것이다.

진보의 속도는 느릴 수도 있고 빠를 수도 있다. 어쩌면 다른 사람에게는 오지만 우리에게는 오지 않을 수도 있다. 우리가 자격을 갖추고자 노력하지 않으면 진보는 우리에게 오지 않을 것이다. 물론 반대 경우라면 진보는 분명히 올 것이다.

우리가 없애지 못하는 것 한 가지는
불이나 철로도 위협할 수 없는 한결같은 생각이다.

_ 스윈번

인간의 미래는 희망으로 가득하다. 인간의 운명을 그 누가 한계 지을 수 있겠는가.

9장

인간의 운명

의로운 자는 순전한 평화를
누리게 되는 법

생각하건대 현재의 고난은
장차 우리에게 나타날 영광과 비교할 수 없도다.
「로마서」

노년은 추억의
저장고

　시간이 갈수록 인류는 진보한다. 하지만 사람들 개개인은 나이가 들수록 젊은 시절에 누렸던 것을 점점 잃게 된다. 하지만 우리가 시간을 잘 활용했다면 잃는 것보다 얻는 것이 더 많을 것이다. 세월이 가고 힘이 약해질수록 노력의 필요성도 덜 느끼게 된다. 희망을 품던 자리에는 이제 추억이 자리한다. 우리 인생이 어떠했는지에 따라 이 과정이 행복할 수도 있고 아닐 수도 있다.

　물론 세월이 갈수록 가치가 떨어지고 즐거움이 적어지고 열정이 사라지는 인생이 있다. 하지만 더 풍요해지고 평화로워지고 더 많은 것을 얻는 인생도 있다.

　청년 시절은 즐겁고 열정적이지만 그래도 늘 걱정과 불안이 서려 있다. 청년의 즐거움에는 세월의 깊이가 주는 위안과 충만함이 없다.

　인생의 마지막은 하루의 마지막과 같다. 구름이 끼어 있을 수도 있지만, 수평선이 선명하면 저녁이라도 아름다운 노을을 볼 수 있다.

노년은 추억이 풍부하게 쌓인 저장고다. 인생이란 추억의 즐거움을 먹고산다고 하지 않는가.

너무 강렬해 오래 지속되지 않는,
지나고 나면 더 충만해지는 기쁨이다.　　　　_ 몽고메리

인간의 심장은
가치 있는 불

키케로는 이렇게 말했다.

"내가 생각해봤는데 사람들이 노년이 불행하다고 여기는 이유로는 네 가지가 있다. 첫째, 노년은 일에서 멀어지게 한다. 둘째, 몸을 허약하게 만든다. 셋째, 거의 모든 즐거움을 빼앗아 간다. 넷째, 죽음과 멀지 않다."

과연 이 네 가지 이유가 옳은 말일까? 노년이 되면 일에서 멀어지는 것, 즉 일에서 해방되는 건 여가와 휴식을 누릴 자격이 있다는 말이므로 불행이 전혀 아니다. 두 번째 이유는 앞에서 '건강' 이야기를 하면서 이미 말한 바 있다. 세 번째

이유는 나이가 들면 열정이 사라진다는 말인데, 나이를 먹는다는 것은 얼마나 소중한 특권인가! 세월은 우리가 젊은 시절에 가졌던 결점을 가져가버린다.

그리고 나이를 먹는다고 해서 우리의 고귀한 본성 자체가 변하는 건 아니다. 오히려 그 본성이 더욱 선명해진다. 반대로 나쁜 기질은 사라지거나 새롭게 걸러진다.

에머슨은 이렇게 비유했다.

"인간은 이 세상의 태양이다. 아니, 진짜 태양보다 더 고귀하다. 인간의 심장은 충분히 가치 있는 불이다."

그런데 이상하게도 많은 사람이 행복하지 않은 길을 일부러 걸어간다. 사람들은 자기 자신을 행복하게 만들기보다 비참하게 만드는 걸 더 좋아한다.

플라톤은 『파이드로스(Phaidros)』에서 인간을 세 가지 특징을 지닌 복합적인 존재로 묘사했다. 그러면서 날개가 달린 한 쌍의 말과 마부에 비유했다. "두 마리 말 중 하나는 혈통이 귀하고 품위가 있지만, 다른 하나는 태생도 천하고 보잘것없다. 이런 경우라면 두 마리 말이 전차를 끌고 가는 것은 예상대로 쉽지 않다." 귀한 말은 전차를 끌어올리려고 하지만 천한 말은 끌어내리려고 하기 때문이다.

셸리는 다음과 같이 말했다.

"인간은 외부와 내부의 영향에 따라 움직이는 하나의 악기다. 바람이 방향을 바꾸면서 다양한 곡조를 연주하는 에올리언 하프처럼 말이다."

죽음은 빛을 깨뜨리지 않는다

키케로가 말한 노년이 불행한 네 번째 이유는 죽음이 멀지 않다는 것이다. 많은 사람에게 죽음은 생명의 빛을 가리는 그림자다. 하지만 우리가 죽음에 대해 꼭 그렇게 생각해야 하는가?

> 알록달록한 색의 둥근 유리 지붕처럼
> 인생은 영원이라는 햇빛을 얼룩지게 만든다.
> 그리고 죽음은 그 빛을 산산이 깨뜨린다.   _ **셸리**

나는 이 시에서 두 가지 표현이 잘못되었다고 본다. 인생은 영원이라는 하얀 빛을 얼룩지게 하지 않는다. 또한 죽음이 꼭 그 빛을 산산이 깨뜨리는 것도 아니다.

콜리지는 사람의 인생을 다음과 같이 노래했다.

사랑, 빛, 고요한 생각, 이 세 가지 보물은
마치 아기의 숨결처럼 늘 곁에 있다.
즉 자신, 자신을 만든 존재, 죽음의 천사, 이 세 명의 친구는
낮과 밤이라는 존재보다 더 확실히 그 존재를 믿을 수 있다.

사람들은 '강을 건너면 누구도 돌아올 수 없는 미지의 세계'로 가는 여행이 힘들고 고통스럽다고 생각한다. 하지만 전혀 그렇지 않다. 죽음은 대개 평화롭고 생각보다 고통스럽지 않다.

공포나 회한 없는 죽음

중세 영국의 역사가인 비드(Bede)는 임종을 앞두고 누워 있는 동안에도 세례 요한의 복음을 앵글로색슨어로 번역했다고 한다. 어느 날 아침, 비드의 구술을 받아 적던 조수가 오늘을 넘기지 못할 만큼 쇠약해진 비드에게 말했다. "이제 한 장 남았는데 아무래도 완성하기 어려울 것 같습니다." 그러자 비드가 대답했다. "어렵지 않네. 내가 말하는 내용을 최대한 빨리 적게." 조수가 마지막 장까지 모두 받아 적고는 "다

끝났습니다"라고 말했다. 비드도 "자네 말이 맞네. 다 이루었네"라고 말했다. 그는 얼마 안 되는 자신의 재산을 형제들에게 나누어주고는 늘 기도하던 장소 맞은편으로 옮겨달라고 부탁했다. 그런 다음 "성부와 성자와 성령께 영광을 돌립니다"라고 말하며 숨을 거두었다.

괴테도 큰 고통 없이 세상을 떠났다. 죽기 전에 글 쓸 준비를 끝낸 뒤 다시 봄이 돌아와 기쁘다고 말했다.

모차르트의 마지막 모습도 들어봤을 것이다.

"침대 위에는 미완성된 레퀴엠 악보가 있었다. 그의 아내와 친구 쥐스마이어 옆에서 마지막 숨을 내쉬며 모차르트는 어떤 악기의 음을 흉내 냈다."

플라톤은 글을 쓰다가 눈을 감았고, 바그너는 아내의 어깨에 기대 잠을 자다가 조용히 세상을 떠났다. 잠을 자다가 죽음을 맞이한 사람들이 많다. 여러 권위 있는 의학자들은 사람이 죽는 순간에 공포나 회한을 거의 느끼지 않는다는 사실을 발견했다. 심지어 전쟁처럼 폭력에 의해 죽는 사람들조차 고통을 거의 느끼지 않는다고 한다.

평화를 허락하는
죽음

죽음을 무조건 불행이나 고통과 일치시키는 것은 옳지 않다. 세월이 흘러도 여전히 젊고 패기가 넘치길 바라는 것은 이와는 다른 문제다.

키케로는 이렇게 말했다.

"우리가 영생할 것이 아니라면 적당한 순간에 세상을 떠나는 것이 좋다. 자연 만물은 모든 것에 한계를 정해두었는데, 인간의 삶도 마찬가지다. 노년은 삶을 마무리하는 과정이다. 놀이가 지겹고 피곤할 때 벗어나는 것과도 같다."

이런 관점으로 본다면 죽음에 관해 이렇게 이야기할 수도 있겠다.

죽음을 놓고 애통해하지 말라.
그저 죽음은 열이 가라앉고
고통이 줄어들고
두려움이 사라지고
희망이 충족되는 것이니까.
깊은 밤 달빛처럼 고요한 것이 있을까.
그런데 왜 죽음을 애통해하는가.

죽음을 놓고 애통해하지 말라.

더 이상 눈물을 흘리지 말라.

감은 두 눈 속에 보이는

빛이 얼마나 밝은지 누가 아는가.

차갑게 멈춘 심장 속에

거룩한 사랑이 가득할지 누가 아는가.

지친 영혼들은 다음과 같은 생각으로 위로와 힘을 얻는다.

여러 해가 지나가고

계절이 여러 번 바뀌면

우리는 무덤에 잠든 사람들과

만나게 될 것이다.

여전히 갈등이 있고

여전히 이별이 있고

여전히 고통이 있고

여전히 슬픔이 있어도

우리는 더 이상 울지 않겠다.

셸리는 죽음이 허락하는 평화를 가장 훌륭하게 표현한 시

인이다.

평화로다, 평화로다! 그는 죽지도 잠들지도 않았다!
그는 삶이라는 꿈에서 드디어 깨어났다.
눈보라 몰아치는 길에서 우리는
유령들과 헛된 싸움을 하지만,
그는 이 밤의 그림자에서 날아올랐다.
시기와 질투와 증오와 고통과
사람들이 기쁨이라 착각하는 불안이
이제는 그를 상하게 하거나 괴롭히지 못한다.
그는 더 이상 세상의 얼룩에 더럽혀지지 않고,
심장이 차가워진다고, 머리에 서리가 내린다고
안타까운 탄식을 내뱉지 않는다.

나이 든 사람들에게는 죽음이 곧 자유이자 해방이다. 『성경』에서는 신이 베푸는 평화의 은총을 강조한다. "평안을 너희에게 끼치노니 곧 나의 평안을 너희에게 주노라. 내가 너희에게 주는 것은 세상이 주는 것과 같지 아니하니라. 너희는 마음에 근심하지도 말고 두려워하지도 말라."
천국은 악한 자가 괴롭히지 않고 지친 자가 쉴 수 있는 곳

<u>으로 그려진다.</u>

영원이라는 시간마저도
천국에 마련된 기쁨이
얼마나 큰지 측량하기에는
너무 짧지 않은가.   _ 트렌치

<u>신은 선한 사람에게</u>
<u>소홀하지 않으니</u>

죽음에 관한 이야기를 할 때 『소크라테스의 변명』에서 소크라테스가 아테네에서 행한 감동적인 연설을 빼놓을 수 없다.

"다르게 생각하면 죽음도 좋은 것일 수 있습니다. 그 이유는 이렇습니다. 죽음은 두 가지 가운데 하나입니다. 하나는 완전히 무(無)로 돌아가 감각이 완전히 사라지는 것입니다. 또 하나는 영혼이 이승에서 저승으로 옮겨 가는 것입니다.

만약 죽음이 감각이 전부 사라지거나 꿈도 없는 깊은 잠을 자는 것이라면 매우 좋은 일입니다. 어떤 사람이 꿈도 꾸지 않고 깊이 잠든 적이 있다면 그보다 더 편안하고 즐거운

시간을 찾기 어려울 것입니다. 그러므로 죽음은 가장 좋은 일이 아닐까요? 영원이라고 해도 단 하룻밤에 불과할 겁니다. 만약 죽음이 저승으로 가는 여행이고 죽은 자들이 모두 그곳에 있다면, 이보다 더 좋은 일이 어디 있을까요?

어느 순례자가 이 세상에서 지내다가 이곳 재판관들에게 풀려나 저세상으로 간다면, 저세상에서 재판을 하는 미노스, 라다만토스, 아이아코스, 트립톨레모스 등 일생을 정의롭게 살아간 신의 자식들을 볼 수 있다면 그 순례는 가치 있을 것입니다. 오르페우스, 무사이오스, 헤시오도스, 호메로스와 이야기를 나눌 수 있다면 무엇이 아까울까요? 만약 그렇다면 나는 몇 번이라도 죽어도 좋습니다.

나는 그곳에서 트로이전쟁의 영웅 필라메데스, 텔라몬의 아들 아이아스를 비롯해 공정하지 못한 재판으로 죽은 옛 영웅들도 만나고 싶습니다. 나의 고통과 그들의 고통을 비교하는 것도 꽤 흥미로운 일이겠지요. 무엇보다 나는 참 지식과 거짓 지식을 구분하는 일을 계속 할 수 있을 것입니다. 이 세상에서처럼 저세상에서도 말이지요. 또한 누가 진짜 지혜로운 사람인지, 아니면 지혜로운 척하는 사람인지도 구분할 수 있을 것입니다. 재판관님, 위대한 트로이 원정의 지도자, 오디세우스, 시시포스 그리고 수많은 사람을 시험해볼 수 있다면 이보다 즐거운 일이 어디 있을까요? 이들과 이야기를 나눌 수만 있다면 이보다 기쁜 일도 없을 것입니다. 저세상에서는 그들과 이야기를 나눈다고 해서 사형에 처하는 일은 없겠지요. 분명히 그런 일은 없을 것입니다. 저세상 사람은 우리보다 더 행복할 뿐만 아니라 절대 죽는 일도 없을 테니 말입니다.

따라서 재판관님, 죽음을 기쁘게 받아들여야 합니다. 이승에서든 저승에서든 선한 사람에게는 악한 일이 결코 일어나지 않습니다. 신은 선한 사람에게, 그리고 자신이 한 일에 절대 소홀한 분이 아닙니다. 나에게 다가오는 죽음은 우연이 아닙니다. 이 세상으로부터 해방시켜주는 죽음은 나에게는 훨씬 좋은 일입니다. 그래서 신탁도 아무런 경고를 하지 않는 것이지요. 이런 이유로 나에게 유죄 판결을 내린 사람들이나 나를 고발한 사람들에게도 전혀 화가 나지 않습니다. 물론 그들은 나에게 해를 끼치지는 않았지만 좋은 마음으로 고발한 것도 아니겠지요. 따라서 그들은 비난받아야 마땅합니다.

이제 나는 떠날 시간이 되었습니다. 우리는 각자의 길로 가야 합니다. 나는 죽는 길로, 여러분은 사는 길로 갑니다. 어느 쪽이 더 좋은지는 오로지 신만이 알 것입니다."

죽음은 의로운 자의
진정한 안식처

『솔로몬의 지혜(Wisdom of Solomon)』에서 우리는 이런 약속을 들을 수 있다.

의로운 자의 영혼은 신의 손에서 아무 고통도 받지 않는다.
미련한 자는 의로운 자가 죽어서 세상을 떠나는 것이 불행이라고 생각한다.
우리의 곁을 떠나는 것은 완전히 사라지는 것처럼 보이지만, 의로운 자는 순전한 평화를 누리게 된다.
의로운 자는 벌을 받는 것처럼 보이지만 영원한 희망이 가득 차 있다.
의로운 자가 받는 고통은 나중의 축복에 비하면 아무것도 아니다.
신은 그들을 시험한 후에 자신의 뜻에 맞는 사람이라고 인정한다.

분명히 말하지만 죽음의 순간 양심의 가책이 없다면 괴로울 이유가 없다. 미래는 의문투성이지만 그보다는 희망이 더 크다.

우리는 힘겨운 인생을 살고 나서 "악한 자가 괴롭히지 않고 지친 자가 쉴 수 있는 곳"에서 진정한 휴식을 취할 것이다. 그곳은 지친 영혼들의 안식처가 될 것이다. 우리는 그곳에서 이렇게 말할 것이다.

오, 죽음이여! 그대의 고통은 어디에 있는가?
오, 죽음이여! 그대의 영광은 어디에 있는가?

새로운 세계로 들어가면 우리는 자주 들었던 위대한 작가들, 그들의 작품을 읽고 감탄했던 사람들, 우리가 많은 빚을 졌던 사람들, 우리가 사랑했던 사람들을 만날 것이다. 육체의 속박과 존재의 한계에서 벗어나 천사를 비롯한 천국의 모든 존재와 한데 어울릴 것이다. 그러므로 이 세상의 유익과 기쁨은 영원한 고향이 주는 유익과 기쁨에 비하면 아무것도 아니라는 분명한 희망을 가질 수 있다.

이 책이 당신을 응원하고 지지하기를!

『아주 오래된 지혜』에 이어 이 책 『아주 오래된 인생 수업』을 옮기게 되었다. 두 책은 재미있게도 같은 저자가 쓴 글이 맞나 싶을 정도로 느낌이 달랐다. 『아주 오래된 지혜』는 성공적인 인생을 위한 지혜를 설파하는 '자기계발서' 성격이 강했다면, 이번 『아주 오래된 인생 수업』은 아름답고 즐거운 세상을 찬양하는 '감성에세이' 같았다. 존 러벅은 말한다. 세상에는 기쁨이 가득하다. 그러니 기쁨을 누리며 행복하게 살아야 한다고. 심지어 에픽테토스의 말을 인용하면서 '행복해야 할 의무'라는 표현까지 쓴다. "만약 어떤 사람이 행복하지 않다면 그것은 그 사람의 잘못이다. 신은 모든 사람이 행복해지도록 만들었기 때문이다."

존 러벅이 살던 19세기 영국은 이른바 '빅토리아시대'로 종교적 의무와 도덕적 의무가 무엇보다 엄격하게 강조되던 시대였다. 이런 시기에 행복의 의무를 말하는 저자의 주장은 파격적으로 들리기까지 한다. '고생 끝에 낙이 온다'는 말처럼 오늘날을 사는 우리도 대가 없는 행복은 마치 사치처럼 느껴진다. 그런데 행복하게 사는 것이 신의 뜻이라니 선뜻 받아들여지지 않으면서도 한편으론 마음의 위안이 된다.

이 책은 에세이 형식으로 1부와 2부로 글을 나누어 모았다. 1부에서는 인생을 살면서 우리에게 기쁨과 행복을 가져다주는 책, 친구, 여행, 가정, 학문, 교육 등을 소개한다. 인생의 기쁨을 주는 것이라고 하니 뭔가 대단한 것을 기대했다면 실망할 수도 있겠지만, 사실 우리는 살면서 꼭 대단한 일을 해야 기쁨을 느끼는 건 아니다. 작고 소소한 일로도 우리는 충분히 행복을 누릴 수 있다. 특히 오늘날처럼 자극적이고 현란한 디지털 시대에는 책과 사람, 여행과 자연과 같은 아날로그적 감성이 잊고 지내던 삶의 즐거움을 일깨우기도 한다.

2부에서는 인생을 행복하게 살기 위한 삶의 태도에 집중한다. 적절한 야망과 부는 좋지만 이것 자체가 목적이 되어서는 안 된다. 사람에게 가장 중요한 것은 건강이다. 건강이 없으면 모든 것이 무의미하다. 마찬가지로 이 세상은 사랑 없이 살 수 없다. 사랑이 있는 곳은 천국이고 사랑이 없는 곳은 지옥이다. 인생의 고통도 마음먹기에 달려 있다. 내가 마음먹기에 따라 세상은 천국이 되기도 지옥이 되기도 한다. 노동하지 않고 얻는 휴식은 의미가 없고, 마찬가지로 휴식 없는 노동은 생각하기조차 싫다. 마지막으로 우리가 가져야 할 태도는 희망을 보는 것이다. 그것이 진보의 희망이든 내세의 희망이든 오늘보다 내일이 더 나아질 것이라는 희망이 없다면 우리는 삶의 가치를 잃고 만다. 희망은 행복의 절대적인 전제조건이다.

『아주 오래된 지혜』와 마찬가지로 『아주 오래된 인생 수업』을 옮기면서도 수많은 현인이 남긴 아포리즘의 향연을 즐길 수 있었다. 그중에서도 개인적으로 가장 마음에 남는 한 구절을 소개하고 싶다. 이탈리아의 시인 페트라르카의 말이다.

"나에게는 나를 지지해주는 친구들이 있다. 이 친구들은 나이와 국적이 아주 다양하다. 그들은 어디에 있든지 특출하고 학식이 뛰어나다. 나는 언제든 그들에게 다가갈 수 있다. 내 마음대로 곁에 두기도 하고 치워버릴 수도 있다. 이 친

옮긴이의 말

구들은 날 귀찮게 하지 않는다. 내가 무언가를 질문하면 곧바로 대답해준다. 어떤 친구는 과거의 역사를 이야기해주고, 어떤 친구는 자연의 비밀을 알려준다. 또 어떤 친구는 어떻게 살아야 할지 가르쳐주고, 어떤 친구는 어떻게 죽어야 할지 가르쳐준다. 어떤 친구는 나를 기분 좋게 만들어주기도 하고, 어떤 친구는 용감하게 스스로를 신뢰하도록 값진 교훈을 준다. 다시 말해, 이 친구들은 모든 예술과 학문에 이르는 다채로운 길로 나를 인도한다. 나는 촉박한 상황에서도 이들이 제공하는 정보가 있어 불안해하지 않는다. 수고에 대한 대가로 나의 누추한 집 한쪽 구석에 편안하게 쉴 수 있는 공간을 내어주기만 하면 된다. 이 친구들은 번잡하고 시끄러운 곳보다는 구석지고 조용한 곳을 더 좋아하기 때문이다."

이 책이 여러분에게도 그런 친구가 되어주길 진심으로 바란다.

옮긴이 박일귀

아주 오래된 인생 수업

초판 1쇄 발행 2024년 9월 30일

지 은 이   존 러벅
옮 긴 이   박일귀
펴 낸 이   한승수
펴 낸 곳   문예춘추사

편   집   구본영
디 자 인   박소윤
마 케 팅   박건원, 김홍주

등록번호   제300-1994-16
등록일자   1994년 1월 24일

주   소   서울특별시 마포구 동교로 27길 53, 309호
전   화   02 338 0084
팩   스   02 338 0087
메   일   moonchusa@naver.com

I S B N   978-89-7604-683-3   03840